恐怖箱

切裂百物語

加藤一　編著監修

高田公太
ねこや堂
神沼三平太　共著

竹書房文庫

※本書に登場する人物名は、様々な事情を考慮してすべて仮名にしてあります。また、作中に登場する体験者の記憶と体験当時の世相を鑑み、極力当時の様相を再現するよう心がけています。現代においては若干耳慣れない言葉・表記が登場する場合がありますが、これらは差別・侮蔑を意図する考えに基づくものではありません。

カバーイラスト　エザキリカ

巻頭言

箱詰め職人からのご挨拶

加藤 一

本書、『恐怖箱 切裂《きりさき》百物語』は、百話の実話怪談を集めた選集である。

かつて、怪談は夏の風物詩だった。人工的な冷風を得る手段のなかった時代、怖気の来る、ゾッとするお話を語り合って、背筋を冷やそうという魂胆《こんたん》である。

冷えたビールをエアコンの効いた部屋で楽しめるような現代ともなると身体を冷やすのは容易になった。だが、それでも心の芯の芯までをキンキンに冷やそうと考えたなら、やはりこれ怪談に勝るものはそうそうない。

さて、実際に百物語を試してみたことがある人はピンと来るのではないかと思う。やってみると案外時間が掛かる。百話語り終える前に夜が明けたり、ネタが尽きたり。本書では、そんな機会にサッと語りきれるようなミニマルな恐怖譚《たん》をほんの百話ほど集めてみた。

ここに語られた怪談を読んで覚えて、夏の宵《よい》の主役となるのもまた一興。

とはいえ、短い話だから恐怖も小粒などと侮るなかれ。恐怖は長さではないのである。

マッチを擦って、それが消えるまでのほんの短い仄《ほの》暗さの中にだけ見える恐怖。

炎が消えた後に残る闇を切り裂くは、悲鳴かそれとも雄叫《おたけ》びか。

目次

◆……神沼三平太
▲……高田公太
●……ねこや堂
■……加藤一

8

さようなら

「根津の兄ちゃんが土左衛門上げたってよ」

夏のことだった。〈根津の兄ちゃん〉とは小原さん達の高校の先輩で、長距離トラックの運転手をしている。そこで、噂を詳しく聞こうと皆でぞろぞろ押しかけた。

「何だよお前ら、また良くない話を聞きつけてきたんだろ」

根津さんは苦笑いしたが顔には疲れが滲《にじ》み出ていた。警察の事情聴取などで休めていないのだろう。

「俺が仕事から帰ったときには、必ず釣りに行くのは知ってるよな――」

根津さんはその朝も竿を担いで海に出かけた。夏といえばキス釣りだ。

彼の釣法はウェーディングと呼ばれる手法である。胸まであるゴム長を履き、腰まで海水に立ち込んで釣るのだ。これなら岸からよりも近いポイントまで寄れる

冷たい海水に踏み込み、遠浅の砂地に入っていく。しかし、暫くの間アタリを待っていても、釣果はなかった。

そんなことをしていると、波間に何かが揺れているのが見えた。

水死体だった。恐らくは女。まだ形は保っているが、全体的にぶよぶよと膨らみ、悪臭を放っている。

そのままにして戻る訳にはいかない。だがさすがに素手で触る気にはならなかった。

竿を畳んで片手に持ち、もう一方の手にはタモのグリップを逆手に握った。その二本の棒を使って水死体を浜まで押していこうという魂胆だった。

岸に向けて押しながら歩いていく。最初は調子が良かったが、途中から動かなくなった。

離岸流もないし、岸はすぐそこだ。ウンウンと唸りながら水死体を押していると、背後に誰かがいる気配がした。背後だけではない。周囲に何人も人が立っている。

――漁協の人が手伝いに来てくれたのか
そう思ったのだが、人影は腰まで海に浸かりながら、ただぼーっと立っているだけだった。手伝おうという気配も見せない。ここへきて根津さんはおかしいと気が付いた。

「それで水死体をほっぽり出してね、漁協と消防に電話だよ。すぐに警察も来た」

「またまたー」

小原さんをはじめとして、後輩達は最後の部分を根津さんの作り話だと思ったらしい。

しかし、小原さんの同級生の大谷という男が落ち着かない雰囲気で立ち上がった。

「俺、帰るわ。根津さん、さようなら」

感情が消えたような冷たい言い方だった。突然のことに一同は呆気に取られた。

根津さんの元を辞した小原さんは、たまり場にしている喫茶店で大谷を見つけた。

「オメェよ、さっきのは先輩に失礼だったんじゃねぇか?」

大谷はビデオゲームの画面から顔も上げずに答えた。

「――見えなかったのか? 顔だよ顔。根津さんの周りに、ぐるって感じに顔が一杯あっただろ。あれは全部土左衛門の顔だよ」

それから半月ほど過ぎた頃、根津さんはこの世を去った。

高速道路のトンネルを出たところで、何故か突然運転していたトラックを降りたのだ。放置されたトラックには次々と乗用車が突っ込み、結果何人もの命が失われる大事故となった。根津さん本人は、脇の林の中で首を吊っていた。理由は分からない。

その話を聞いた大谷がぽつりと冷たく言い放った。

「だから俺、あのとき〈さようなら〉って言ったんだ――」

水差し

昭和中期のことである。

ある骨董品かぶれの男が、質屋から水差しを買った。

水差しといっても、一般的な鉢に水をやるジョウロのようなものではなく、茶の湯で言うところの水差しで、杓《しゃく》で水を汲むための焼き物の桶である。

少し煤けたような汚れがあるせいか、値段は格安。側面に蘭の花が描かれてあり、値札とぶら下がった注意書きには〈状態悪、蓋紛失につき御奉仕品〉とあった。

男は木製の鍋蓋を水差しに乗せ、床の間に飾ることにした。

しかし水差しを飾った日から、〈見知らぬ老婆がさも恨めしそうに夢枕に立つ〉と妻が訴えるようになった。

怯える妻の様子を気に掛け、男は知人の僧を家に招き、水差しを見てもらった。

僧はまず水差しの蓋をじろりと見たあと、水差しの中を覗き、終いに底面を見てから男にこう言った。

「ああ、これは水差しではなく、骨壺ですね」

「何と」

「底面にかすかに土汚れが付いています。恐らく、幾年も地中に埋もれて付いた汚れゆえに、洗っても取れなかったのでしょう」

「てっきり水差しかと……」

「元は水差しであったのかもしれませんが、最後には骨壺として使われております」

水差しを寺で引き取ることを僧は申し出、男も「ではそのように」と返した。

すると僧はさらにこう続けた。

「老婆が奥方様の夢枕に立ったとのことですが」

「ええ。如何にもそうです」

「その老婆とはこんな顔をしていましたか?」

僧は手にした鍋蓋の裏面を夫婦に向けて掲げた。

そこにはねじ曲がった木目でできた、まさに妻が見た老婆の顔があった。

「はぁ……」

妻は気を失いかけながら、何とか息を吐いた。

「御主人が蓋をしていたおかげで、一大事とはならなかったようです」

僧は約束通り骨壺と蓋を寺で供養し、地中に埋めたそうだ。

トイレ

木村さんが〈まだ若い頃〉というからには二十年前か三十年前の話だろう。

当時付き合っていた彼女とドライブをしていた。

曰《いわ》く〈二人で随分飲んだ帰り〉だそうなので、飲酒運転である。

木村さんは尿意を感じ、通りかかった団地の脇にある小さな公園に面した道へ、車を横付けした。

目当ては公衆便所である。


「うわっ」

思わず声が出た。

二つある大便用個室のドア両方に御札が貼ってある。

「いやはや何とも」

御札に背を向け小便を済ませたあと、車で待つ彼女を驚かせるために呼んだ。

「うわあ、気持ち悪い……」

「ここ、出るんだろうなあ……」

酔っていたせいか、二人とも、うわっ……うわっ……と怯えながらも興味は津々《しんしん》だった。

御札のドアを開ける開けないの問答をしたが、結局は開けずに外に出た。

再び車を走らせて、ラブホテルに向かった。

ホテルに着き、個室に入る。

着衣を脱ぐと、彼女の背中に御札が貼ってあった。

木村さんが脱ぐと、その背中にもあった。

地肌に貼られたそれは、トイレにあった御札と同じものだった。

ダーッ！

その年、ある大学のプロレス研究会には部員が四人しかいなかった。

夏休みが明けて日向さんが部室に顔を出すと、残りの二人が沈痛な顔をしている。

田中という部員の一人が夏休みの間に亡くなっていたのだという。

日向さんは、取り乱しはしないものの、心に重い石を抱えたような気分になった。

「そうか……。残念だな」

「でな、今話をしていたんだが、俺達も線香の一つでも上げに行かねばならんだろう」

田中は熱心なプロレスファンであった。毎週のように発売される雑誌を部室に持ち込み、どこからか手に入れた古い試合のビデオを寄贈したりと、仲間達にとってはなくてはならない存在だったのだ。

田中の実家の住所は分かっている。三人は授業もそっちのけで田中の家に向かった。

「ありがとうございます。こんなことになってしまって……」

田中のお母さんに案内され、仏壇で手を合わせた。

帰りがけに、三人は田中の部屋に案内された。

「うちの息子が最期に、部の皆さんにお譲りするようにと言っておりましたので」

形見分けというのだろう。

一つは試合の際に鳴らされるゴングである。もう一つは赤地に紫の襟のロングガウンである。そしてもう一つはプロレス雑誌の山であった。

三人は何も言わずに遺品を引き取った。

大学に戻ると、三人は遺品を部室の一角に据えた。ガウンは壁に貼った。田中が好きだったレスラーのガウンである。自作のレプリカなのだろう。よくできている。偽物だとしてもテンションが上がる。

そしてそれ日以来、不思議なことが起きるようになった。

「イ〜チッ、ニ〜イ、サ〜ンッ！　ダ――ッ!!」

部室のどこからか不意に声がする。振り返っても、誰かがいる訳ではない。

声は田中のそれである。もういないはずの田中が精一杯声を張り上げている。

その声が部室に轟く度に、それに合わせて部員も拳を突き上げて雄叫びを上げるのが約束事のようになっていたのだという。

怒潮

梶北さんは子供の頃から二十年以上、海やプールで泳いでいない。小学生の頃以来、水に入ることができないのだ。病気という訳ではない。

子供の頃は泳ぎも達者だったし、スイミングスクールにも通っていた。

小学校五年生のお盆休み、梶北さん一家は田舎の親戚の家に遊びにいった。

向こうでは、年下の従兄弟やその友達とよく遊んだ。

滞在する最後の日に、子供達で海に行こうということになった。

子供達だけで海に行くのは初めてだったが、沖まで行かなければ良いと親たちも許可してくれた。

最初は磯の生物を捕まえたりして遊んでいたが、すぐに飽きてしまった。

「ここら辺って面白いところないの？」

梶北さんが訊ねると、従兄弟やその友人達は頭を捻った。

「行っちゃいけないところならあるんだけど――」

一人が言った。岬の突端を下に降りていくと、波で削られた洞窟《どうくつ》があるという。

「でも危ないから行っちゃダメだって」

年下の子供達は、皆大人に怒られると腰が引けている。

「大丈夫大丈夫。バレなきゃ問題ないよ」

梶北さんは岬の突端を目指した。突端から岩場を降りていくと確かに洞窟があった。

「すげー！　これって海底洞窟みたいだね！　探検しようよ！」

興奮して周囲の子供達に声を掛けても、やはり大人に怒られることを気にしているようで、早く帰ろうと繰り返す。それを横目に梶北さんはどんどん奥に進んでいった。

「奥に何かあるのかなぁ」

最奥には小さな社《やしろ》が置かれていた。子供達は怒られることを気にして何度も止めようとしたが、梶北さんは〈誰にも言わなければ大丈夫だよ〉と、お社の扉を開けた。

中にはつやつやとした金属の円盤が入っていた。裏側には模様が彫られている。銅鏡だ。

手に取って綺麗だなと眺めているうちに、その鏡を独り占めしたくなった。

「貰ってっちゃおっか」

子供達は反対したが、梶北さんは水着袋に鏡を隠して、持って帰ってきてしまった。

親戚の家に戻ると潮気を洗い落とすためにシャワーを浴びる。

昼食の後に親戚の家を出た。Uターンラッシュの渋滞に巻き込まれ、何時間も車に揺られて自宅に戻った。

「今日は疲れたでしょうから。早く寝なさい」

母親にそう言われて、梶北さんはすぐに眠りに就いた。


明け方、布団がじっとりと濡れている感触があって目が覚めた。

粗相《そそう》したのならば、下腹部のほうが濡れるはずだ。しかし身体全体が濡れていた。布団自体も重く水を含んでいる。雨の日に干しっぱなしにした布団のようだった。

「お母さん！　布団が濡れてる！」

母親に言うと、目を覚ました母親は呆れ顔で言った。

「あなた、いい歳してお漏らししたの？」

「違うよ！　布団のほうが濡れてるんだよ！」

母親が鼻を近付けた。梶北さんも臭いを嗅ぐと、布団からは潮の匂いがした。

「悪戯したんでしょ？」

母親は疑ったが、必死に否定した。

次の夜、別の布団を敷いてもらって横になった。

その夜もすぐに眠りに落ちた。眠ると同時に夢を見た。

自分が海に沈んでいく夢だ。息ができない。苦しい。

浮かぼうとしても何者かに足を掴まれている。海面に上がることができない。

見下ろすと、海の底は真っ暗だ。そこから手が伸びて、足首を握りしめている。

凄い力だ。海底へとどんどん引きずり込まれていく。

夢の中で意識を失った。

次に目が開くと、全身が濡れていた。昨日と同じだ。磯の香りが強い。

海水で布団が濡れていた。手足に何かが貼り付いている感触があった。

布団をはねのけると海藻が手足に絡んでいた。

叫び声を上げると、母親が駆けつけた。

「これどうしたの！　何があったの！」

怖い夢を見たんだと言うと、母親は真剣な目で梶北さんを見つめた。

「あなた、何か悪いことしたでしょ。正直に言いなさい」

梶北さんは持ち帰って隠しておいた銅鏡を机から取り出した。

母親はすぐに田舎に電話した。

「手遅れになる前に今すぐ来なさいって。着替えたら急いで車に乗って」

到着するや否や梶北さんは神社に連れて行かれた。事情は全て伝わっているようだった。

「すぐに儀式に入ります。手遅れになるといけない」

社殿に上がるように言われた。銅鏡を返すと祝詞を上げられ、暫く儀式が続いた。

儀式の最後に神主さんが言った。

「今後は水辺に近付かないで下さい。プールとか海とか。引きずり込まれて命を取られるかもしれない。あとはこの土地にも二度と近付かないで下さい。何があるか保証できませんから」

梶北さんはそれ以来プールの授業にも参加していない。

一度プールサイドを歩いたこともあったが、水中から透明な手が伸びてきたのを見て、泳ぐのを断念した。

今では風呂も湯船には入らず、シャワーで済ませている。

硫黄島

妻の知人で硫黄島に駐屯している自衛官がいる。

残念ながらその方にお会いすることは叶わなかったが、愛妻が私のためにスマホでその方のお話を録音してくれていた。

以下はその録音データに収められていたお話である。


硫黄島はね。昔からいろいろあるんですよ。というのも、我々自衛官の訓練所にある日誌に、そういうことまでつぶさに書かれてるんですよ。沢山の者の手でね。宿舎で天井裏から足音が聞こえるとか、まあそのまま日本兵を見たとかそんなのですね。そうやって、日誌を見ていると、ほんと様々ありまして。

島内には沢山洞窟があるんですよ。未だに調査しきれていないだけの大小の洞窟がありましてね。ある日、国交省の役人と自衛官、作業員をひきつれて一つの洞窟に入ったんですね。どのくらいの広さか、地質はどうか、安全性はどうか、などを調べるんですよ。

そうするとね、穴に入って暫く歩いた頃に、奥から人が歩いてくるんですよ。

昔の軍服を着た浅黒い男で、その男が「おおい、ここに仲間が埋まっているぞ」と指差すんですね。みんな、そりゃ驚きますよ。でも、男は驚く我々の様子に我関せず「ここに仲間がいる」とはっきりした声で示唆《しさ》するんですね。

するど、担当の国交省の若い奴がツカツカと奥にいる男に近寄ってこう言ったんです。

「分かりました。あなたの仲間は私達がしっかり見つけます。それはそうと、あなたはどうなんですか？」

「俺は大丈夫だ。俺はもうここにはいない」

みんな、ああ、と思ったんですよ。穴はあらかた掘られているんです。掘って、骨が見つかったら供養している。でも、いかんせん穴の中ですから無闇には掘れない。安全性の都合で掘りきれてはないんです。でも、きっとこの方の骨はもう先に見つかってたんですね。

その日は洞窟から出てね。日を改めてから、男が立っていたところを掘ると、確かに骨が出てきましたよ。

あとね、こんなことがありましたよ。

私の知り合いで初めて硫黄島に配置された男がいてね。身体を動かすのが好きで体力が余っているものだから、船着場から走って基地まで行ったんです。でも船が着いた時間が少し遅かったもんだから、途中で道に迷ったと。森に入っちゃったんですね。

さてどうしたもんか。あっちかこっちかと当たりを付けて彷徨《さまよ》っていると、耳元で「中尉、こちらです」と男の声が聞こえる。姿は見えないが、しっかりした声だ。

こちらとはどちらか、と思いながら、とりあえず声のするほうに走ると、ほどなくして基地の明かりが見えたんです。

もっとも彼は中尉なんかではなく、当時まだペーペーだったので、昇進しちゃったよぉと笑うのがオチなんですけどね。


日誌なんかを見てて面白いのは、あっちのほうの動きが活発なときとそうでもないときがあるんです。詳しくは言えませんが、国会の動きなんかにも関係しているのかな。天皇皇后両陛下が御訪問されるときなんかは、その数カ月前からぐっと日誌に書き込みが増えます。

我々は、怖いとは思いませんよ。仲間、先輩方と思ってます。

誰一人怖がっていません。

そういうものなんですよ。

白い人

齢九十を過ぎる熊川さんは、若い頃青森で猟師をしていた。

所謂「マタギ」である。

夏は炭焼きと畑仕事で生計を立て、冬に仲間達と猟に出る。

冬の間寝泊まりするための小屋を夏のうちに準備して、猟の時期が終わる春には取り壊す。

それは仲間内で一番若い熊川さんの役目だった。

猟の季節が終わったある日のこと。

小屋を取り壊す予定だったその日は些事《さじ》で何かと忙しく、小屋に着いたのは夕方だった。

今日はもう無理としても、明日には終えてしまいたい。

その準備だけでもしておこうと思ったのだ。

小屋の外へ荷物を運び出し、屈めた腰を伸ばして目線を上げた先。

森の中から誰かが出てくるのが見えた。

女だ。髪も着物も肌の色さえも、上から下まで何もかもが真っ白な女だ。

一人ではない。二〜三十人はいたのではないだろうか。

それが整然と二列に並び、麓《ふもと》へ向かって歩いていく。

言葉もなく唖然と見送っていると、最後尾にいた女が振り返った。

右手を上げ、熊川さんを手招いている。

促されるまま、後を付いて歩き出した。

不思議と怖くはなかった。

隣の山裾のほうへ歩きながら、これより先へ行くと村から外れてしまうなぁとぼんやり思ったときだった。

腹の底を突き上げるような轟音と衝撃に、思わず振り向いた。

小屋のあった辺りが崩れ落ちている。雪崩だ。

腰が抜けた。もしあのままあそこにいたらと血の気が引いた。

どれほどそうしていたのか、日が沈み始めた頃、我に返った。

辺りを見渡したが、女達の姿はどこにもなかった。


それから数年後、熊川さんは猟師を辞めて街へ引っ越した。

マタギが高齢化し、年々減っていく中、猟を続けるのも厳しくなってきていた。

まだやり直しの利く年齢のうちに村を出るべきか。

悩んでいた。
その年も冬に使った小屋を取り壊す準備をしていた。
小屋から外に出ると、男が立っていた。
笠を深く被ったその男は、全身が真っ白だった。
ああ、もうここでは暮らせないのだ。
拳を握り、ただ黙って立つ男を見て悟った。
熊川さんは静かに頭を下げた。そうすることが自然だった。
顔を上げると、男はもういなかった。
それからすぐ村を出た。
以来、故郷には帰っていない。

腹は減らない

小林さんはひと月で十二キログラム太った。腹が減っている訳ではない。腹は一杯だ。

だが、食べても食べても目に入るものが何でも美味しそうに見える。

「あなた、もうそんなに食べるのやめて。変だよ」

妻が心配して言う。先月まで穿けていたズボンが入らない。通販で服を買ってもサイズの変化に追いつかない。仕事にも行けない。息が苦しい。

家に閉じこもっていれば良いかと思ったが、無意識に冷蔵庫のものを漁ってしまう。腹が減っている訳ではない。何でも異常に美味しそうに見えるだけだ。だから吐いても食べる。食欲が理性を上回っている。ああ美味そうだ。あれもこれも最高に美味い。

「ちょっとお邪魔しますね」

帰宅した妻の横に小柄な女性が立っていた。お祓いの先生だという。

ああ、やっぱりこの食欲は何かに取り憑かれたせいだったか。

「今、あなたが食べているものをちゃんと見たほうが良いですよ」

言われて気が付いた。すり減った革靴を齧《かじ》っていた。妻は泣いていた。

モールス

タンカーの船員だった吉池さんという方から聞いた話である。

昭和五十年頃の話だという。吉池さんの乗る船は日本から出航して東南アジアを抜け、原油生産国のある中東を目指し、帰りはそのルートを逆に辿っていた。

もちろん乗組員は長い時間を船の上で過ごすことになる。まだ自動航行装置などなかった時代である。船の上では二十四時間誰かしらが起きて操舵や整備を担当していた。

ある航海の帰路のことである。中東を出発してマラッカ海峡を抜け、あと幾日かで日本に着くという頃に、船内でおかしなことが起きた。


船の上では基本的に仕事はローテーションである。その日吉池さんは夜中まで仕事を担当し、交代時間が来たので休憩を取るために自室に戻った。少しでも身体を休めておかなければならない。

横になってうつらうつらしていると、突然船室の扉を〈とん〉とノックする音がした。

目が覚めた。誰だ。

しかし音は一回だけである。気のせいだろうか。いや。音は確かに聞こえた。誰かがぶつかったのか、それとも部屋を間違えたのだろうか。聞き耳を立てていると、再度拳のこつんと当たる音が聞こえた。

ノックに続いて、掌か何かでスッと扉を撫でる音もした。

「誰だ？」

声を掛けたが返事がない。無言のまま、鉄扉へのノックと掌で擦る音が続いた。

まさかモールスか？　聞き耳を立てて音を解読していく。

「甲板に出ろ」

やはり国際モールス信号だ。

緊急ならば船内無線で連絡が入る。だから誰かの悪ふざけだろう。

「誰だ？　いい加減にしろ」

だが、甲板へと誘うモールス信号は、無言のまま続いた。

吉池さんは布団をかぶり、音を無視して寝ることにした。

吉池さんの無反応振りに諦めたのか、鉄扉をノックする音が隣に移った。

隣の部屋のドアが開く音と足音が聞こえた。

……アラーム音で目覚めた。そろそろ交代の時間だ。

仮眠していた人間が一旦集まって点呼を取る。ところが人数が足りない。

「おい、鈴木が来てないぞ？」

寝坊でもしているのだろうと、船員の一人が船室に起こしにいったが鈴木はいなかった。

手分けして船内を探したが、やはり姿が見えない。

「そういえば変なことがあったよな」

部屋の扉叩かれなかったか？　と訊ねると他の乗組員が応じた。

「甲板に出ろって言ってたよな？」

俺も聞いた、俺も聞いたと皆が言い出した。

「俺は無視したけど、鈴木の船室は俺の隣だったから……あいつ、あのモールスに応じて甲板に出たんじゃないか」

海に落ちたらもう探しようもない。結局鈴木は見つからなかった。

その船はインドシナ海を通過するときに行方不明者が出る、曰く付きの船だったという。

二年

藤堂には一切の記憶がない二年間があるそうだ。

事の発端はこういうものだ。


小学生の頃、放課後にクラスメート数名が一本の鉛筆を皆で持ち、紙に書いた五十音と、はい、いいえ、の文字の上で筆を滑らせていた。

藤堂は、遠巻きに彼らの姿を見ているうちに、輪に入りたくなったが、ただ仲間に入れてもらうだけでは面白みがないので、彼らの持つ鉛筆をパッと奪うという行動に出た。

「ああ！　ダメだよ！　ちゃんとお願いして帰ってもらわないといけないんだから！」

「そうだよ！　鉛筆の芯を折って紙に包まないと、帰ってもらえないんだから！」

「うるせえ！」

藤堂は、奪った鉛筆を乱暴に投げた。

そして、そこから先の記憶がない。

「元気になって良かったね」

二年後、小学校で自分に声を掛けるのは見知らぬ子供達だった。

藤堂はいつの間にか北海道の学校に転校していたのだ。

そして、記憶はないものの、しっかりと二年の間その学校に通っていたことが後に分かった。

その間、〈藤堂君は誰とも口を利かない、変わった子〉だったそうだ。

家族会議

蒲生君が目を覚ますと、両隣に寝ていたはずの両親の姿がなかった。

立て付けの悪い襖戸の端から、廊下の明かりが室内に差し込んでいる。

窓に目を向けると、外は暗い。

——今は何時だろうか。

突如、尿意を覚える。寝室を出ると、階下から両親の話し声が聞こえた。

「……下さい」

「……ですから」

はっきりとは聞こえないが、丁寧語を織り交ぜた、深刻な口調の会話に思えた。

一階に下りると、両親と、さらにもう一人が会話に入っていることが分かった。

「もういい加減にしてほしいのです」

「出ていってくれませんか」

「嫌だ」

「とても迷惑です。お願いします」

「どうかこの通り、お願いします」

「嫌だ」

誰かが、家から出ていくのを嫌がっている。

しかし、こんな時間に何が起きたのだろう。

話し合いが行われている居間の襖戸を少し開け、中を覗いた。

「あ」

両親は、卓袱台に平仮名が書かれた紙を敷き、その上にある一枚の硬貨の上に二人の右手の人差し指を乗せて滑らせていた。

こっくりさんだ。パパとママがこっくりさんをしている。

「お願いします」

「お願いします」

「嫌だ」

両親が懇願する声は分かる。

だが、拒否の声がどこから出ているのか分からない。

分からないまま蒲生君はまた二階に上がり、眠った。

36

夫婦喧嘩

僕は今、夢の中にいるんだ。

ケンタはそう思った。眼前に見知らぬ女の顔があることは、暗がりの中でも分かる。

両親に就寝の挨拶をしたあと、自室の布団に潜り込んだことは覚えている。

次の瞬間、この顔である。

「ママァ！」

布団に横たわったまま、とりあえず大声で母を呼んだ。

「はぁい」

階下から母の穏やかな返事。それから暫くして、階段を上る足音が聞こえてきた。

何故か女の顔から目を離せなかった。

女は母が寝室の襖戸を開けると同時に姿を消した。

「あの女、ケンタに手を出そうものなら、あたしが殺すからね！」

両親が大声で何やら言い合っている声が屋内に響いた。

岩場の二人

道の駅に停車して、暫《しばら》く歩く。
彼が「ここだよ」と言うので、言われるままガードレールをまたぎ、藪の中へ入った。
名も知らぬ植物の棘《とげ》が厚手のズボンを抜け、チクチクとすねを突いた。
傾斜を滑らないように茎の太い草木を掴んで進み、ようやく岩場へ抜けた。
岩と岩の間には透明な海水が小さく波打っている。
なるほど彼の言う通り、そこには人の手垢の付いていない海があった。
長袖の服を脱いで、水着になる。
海水に足を浸すと、棘に突かれた箇所が幾らか痛んだ。
彼のほうは泳がず、手頃な岩を見つけ、そこに腰を掛けた。
手を振ると、彼は笑った。
水中眼鏡を付け、潜水する。
海水浴場ではまずお目に掛かれない沢山の小魚と貝に囲まれると、気分が乗った。
水面に顔を出し、ぷぅと息を吸う。

もう一度彼に振ろうとした手は、中途半端に宙で泳いだ。

彼の背後に見慣れぬ女がいた。彼の首に手を回している。

水中に顔を沈め、波を掻いた。

行く先は海底ではなく、彼の元だ。

浅瀬まで泳ぎ、再び水面から顔を出した。

彼の姿がなかった。

岩場までクロールで辿り着くと、彼が腰掛けていた岩の裏に身体を折って横たわっていた。

慌てて身体を揺すると、目を開けた。

訊くと、急に苦しくなったのだそうだ。

男たちの晩か

真夜中、うるさくて目が覚めた。
複数の男達の声が、ガヤガヤと外で響いているのである。
その常識はずれの喧《やかま》しさから察するに、飲み会帰りの団体さん、恐らくは体育会系、というところか。
ああいやだ、と溜息を吐き、団体が道を去るのを待つ。
ガヤガヤ
ガヤガヤ
ガヤガヤ
男達の話し声は遠ざかるどころか近付いてきた。
距離を詰められると〈複数名〉という字面から想像する千倍の人数はいそうな騒ぎだった。どういう近付き方をしているのか、もう耳元を舐めそうなほどの距離に喧騒があった。
ガヤガヤ
ガヤガヤ

ガヤガヤ

そして、突如の静寂。

――せーのっ！

という、男達の一斉の掛け声。

パッ！　と点いた、部屋の蛍光灯。

確認するも部屋の中にも外にも、誰もいない。

残ったのは何とも形容し難い不快感のみだった。

フリーズ！

秋田さんは仕事の関係で新たにアパートを借りることになった。

案内された物件は、家賃は安いのに内装は大変綺麗だった。

不動産屋の「こんな物件、他にありませんよ」の言葉に、すぐに契約をした。

しかし、暮らしてみると不思議なことが起きる。

秋田さんは些細なことなら気にしない性質だが、毎晩二十四時を過ぎると部屋の内扉が壁に叩きつけられるような勢いで大きく開く。

それと同時に、男性の怒鳴り声が聞こえる。

「フリーズ！」

英語である。

あまりに頻繁に起きるので、これは堪らんと引っ越すことにした。

引っ越す前に、不動産屋に一言言ってやろうと考えた。

「あの部屋、僕が入居するより以前に、変なことはありませんでしたか？」

不動産屋に確認した。

「いや、特にないですね」

「前の住人ってどんな方だったんですか？」

「ああ、ジャックという外人さんで、ちょっと近所の住民さんには評判良くない人でしたね」

詳しく話してくれと頼むと教えてくれた。

ジャックは、改造した自動車で暴走行為をするのが趣味だった。エンジンを高く轟かせ、昼夜を問わず騒音を立てながら近所を走り回っていた。その音で周囲から悪評が立っていたのだ。

結局ジャックは暴走の果てに自損事故を起こして亡くなってしまった。

不動産屋的には、死亡退去ということになっているという。

「きっとさ、ジャックは俺のこと不法侵入者だと思ってんだよね」

迷惑な話だよ。テロ対策って訳でもあるまいし——。

秋田さんは、今はもう引っ越して平穏な生活を送っている。

窓

どういう訳か、カーテンは開いていた。


一階の角部屋。

南側の窓は通りに面していたため、道行く人に部屋を覗かれないよう、いつもカーテンを閉めるようにしていた。

建物の前の道は昼夜問わず人が通るため、ほぼ開ける機会はない。

だが、その日は開いていた。

そして、早くも窓の向こうから見知らぬ男がこちらを見ている。

これでもかと目を見開き、顔を窓に近付けている。

誰がどう見ても、ちょっと覗かれている、の域を完全に超えている。

小走りで窓に向かいカーテンを勢い良く閉めたあと、踵《きびす》を返し玄関のドアに鍵を掛けた。

部屋に戻るとカーテンを掴もうとする二つの手が、窓の外から伸びていることに気付く。

しまった。

窓に鍵を掛けていなかったようだ。
覗き魔の手でサッとカーテンが両端に開けられた。
このままでは、部屋に侵入される。
そう思ったが、そうはならなかった。
窓はしっかり閉まっており、鍵も掛かっていた。
異常なし。
……とはいかない。
零れ落ちそうなくらい目を剥いた男は、依然として窓辺に立ち、部屋を覗いている。

お誘い

深夜、彼女からの電話で叩き起こされた。

非常識な時間ではあるが、常識的な彼女がこんな時間に電話してくるのだから、只事ではないだろう、と覚悟して電話に出た。

「もしもし？　どうしたの……？」

「ねえねえ！　ドライブに行かない？」

「ドライブ？　今から？　何かあった？」

「いいからいいいから。行こうよ！」

彼女の口調は聞いたこともないくらい明るいものだった。

何か厭なことがあって空元気を装っているのか、それとも今まで自分が見たことがないくらいに酔っ払っているのか、どっちかだ。

しかし、泥酔するほど飲んだのならば、やはり何か気に懸かることがあって酒に逃げたという線もありうる。明日も平日だ。今からドライブに付き合ったら、もう寝ずの出勤ということになるだろう。さて、どうしたものか。

「ドライブはいいんだけどさ……。どこに行く？　ほら、今日はもう遅いしさ。そんなに遠くには……」

「ドライブだよ！　ドライブ！　行こうよ！」

「だから、どこに……」

「どこでもいいのよ！　ブーンって行ってさ！」

「落ち着けよ。行くよ。行くけどさ……」

「ブーンって！　キキーって言ってさー！　ドカーンって！　キキーって言って、ドカーンって！」

彼女の誘いはだんだんと熱を増したかと思うと、終いには意味不明の擬音ばかりになった。声色がどんどん高くなっていき、今では電話の相手が彼女なのかどうかも怪しく思えてくる。

「ドカーン！　グチャー！　ポタポタ！」

もはや会話が成り立たなくなった頃、困惑が苛つきに変わった。

「全然わけ分かんないから！　もう寝ろよ！　また明日電話すっから！」

それだけ告げて電話を切り、布団に入った。

〈キキーって！　ドカーンって！　イタイイタイって！〉

その一時間後、甲高い大声が部屋に響き、再び飛び起きた。

闇の中で頭を大きく揺り動かし、垂らした両腕を前後に振りながら、見知らぬ女が喚いていた。

〈……ってなればいいのよ！　イタイイタイって！　あんたもなればいいのよっ！〉

これが幸い夢だとしても、悪夢中の悪夢だ。

暗がりの中でも、女の顔が噴出する血と剥き出しの肉でヌメっていることが分かった。

着衣も、元がどんな柄色だったか分からないくらいに紅く染まっていた。

ベッドから下りて、寝巻き姿で部屋から逃げた。

女の横を通り過ぎたその瞬間も、〈キキー！　グチャグチャ！〉といった言葉が止むことはなかった。

近所の交番へ駆け込み、巡査を連れて部屋に戻った。

女は既にいなくなっていた。

「えっと。ごめん。全然分かんないけど……」

後日、携帯にある彼女からの着信履歴を突きつけ当人に事情を話したが、そう言われた。

おっぱい

会社から帰ってきた小林さんが、シャワーを浴びて脱衣所に出てくると、色白のおっぱいが浮いていた。

それが付いているはずの胴体はない。ただ二つの膨らみが宙を漂っている。

「おっぱいだ……」

見とれている間にそれは消えてしまった。

小林さんは後悔した。

しまった。触っておけば良かった。

今度会ったら揉んでやろう。幽霊だって構うものか。

数日後、再度脱衣所におっぱいが浮いていた。小林さんは反射的に手を伸ばした。

掌に柔らかい感触が感じられた。

「触るんじゃねぇよ」

直後、雷鳴のような野太い男の声が脱衣所に轟いた。

酸味

違和感に目を開くと金縛りに遭っていた。
闇の中に、ガタイのいい男のシルエットがあった。
それが片方の手を上げたかと思うと、自分のほうに身体を傾けてくる。
脇が顔のほうにどんどん近付いてくる。
ああっ！
酸っぱい！
抵抗しようとしたが、身動きが取れない。
自分の顔に脇が付くか付かないかのところで気を失った。

撮れた話

「はい！　ポーズ！」

トオルがスマホのシャッターボタンを押す。

被写体は、日本海を背にガードレールに腰掛ける彼女のヨシミ。

カシャッ。

「どれどれ、うまく撮れたかな……ん……ダメだなこれ」

「ダメ？　じゃあ、もう一枚撮ろう」

「ううん、やめとこう」

スマホの画面に映るヨシミの首が、実際の三倍は長い。

トオルはその画像データを即消去する。

その後、ヨシミが首を痛めた、という類の話はまだない。

目覚まし

金田は時間を守るのが苦手だ。

小学一年生の頃から就職した後の会社まで、目に余るほど遅刻が多い。

例えば、十分早い時間に起床する。顔を洗い、歯を磨き、リビングに行く。嫁の作った御飯を食べてから自室で身なりを整える。整える。整える……。

ふと、時計を見ると随分時間が経っている。ああ、仕事へ間に合うだろうか……。

こんな調子だ。

ある朝。仕事前にシャワーを浴びていると、浴室のドアが開き、嫁が顔を覗かせた。

「もう、八時になるわよ」

「はぁい」

浴室から出てタオルで身体を拭き、いつも通りリビングへ向かった。

あ、朝食が準備されてない。

というか、嫁は今、帰省していて家にいない。

十二単

小沼さんがまだ小学校の低学年だった頃の体験である。

夜、子供部屋で寝ていると、足の裏に違和感があった。

起き上がって足下を見ようとするが身体が動かない。人生で初の金縛りだった。

それでも何とか首から上と目線を動かすことはできた。視界を巡らせ何があるのか確認した。

足下に十二単と長い髪を部屋に広げた女性が、こちらに背を向けて座っていた。

——誰この人。

混乱していると、女性は背を向けたまま後ろ手に足の裏をくすぐり始めた。

くすぐったい。でも怖い。怖いしくすぐったい。何とかしたくても身体は動かない。

泣き笑いである。

十二単の女性は、片手だけを後ろ手にした状態で細い指先を動かし続ける。

もう片方の手は袖で自分の顔を隠していた。表情は窺えない。

女は執拗《しつよう》に足の裏をくすぐり続けた。気が付いたときには朝だったという。

キヨシ

「あら、また聞こえた」

母がそう言う。

「ふうん」

麻美は気のない返事をする。聞こえるのはいつものことだ。その囁き声は家人一同、昔から耳にしている。今更聞こえたからといって、話題にもならない。

〈キヨシ……〉

囁くのは女だ。身内にキヨシという名の者はいない。

年を経て、祖父の代から受け継がれていた棲家にボロが出てきた。

一階の廊下の敷板は軋《きし》むところから始まり、終いには抜けた。

抜けてできた穴を覗くと一足の小さな運動靴が出てきた。

運動靴には〈キヨシ〉と名前が書かれていた。

麻美の父が「念のため」と寺にその靴を持っていき、以来、囁き声はない。

冷蔵庫

夜、喉が渇いて目を覚ました。階段を下りる間に、一階のキッチンの明かりが点いていることが分かった。夫か息子が起きているのだろう。

キッチンのドアを開ける。

ボロボロの黒い僧衣を羽織った老人が、扉を開いた冷蔵庫の中に顔を入れていた。

「きゃあっ！」

老人は叫び声に驚き振り向いた。老人の口から黒い煙がゆっくりと吐き出されている。

「きゃあああああ！」

もう一度、叫んだ。

すると老人は目を大きく見開き、飛び掛かってきた。

意識が飛んだ。

目覚めると早朝、ベッドの上だった。しかし、なぜだか夢とは思えなかった。

一階に下り、冷蔵庫を開けた。

全ての野菜が思い切り黒ずんでいた。

生活保護物件

敷金礼金なし、連帯保証人がいる場合は家賃が二万八千円、いない場合は三万円。木造。築年数は古いが、小さなキッチン、洋式トイレと風呂がセパレートで付いた和室七畳間。

地方の独居老人向けのアパートの話である。


深夜、一台の救急車がサイレンを鳴らしてアパートの前に停まった。

アパートの隣に一軒家を構える大家、杉本は近付いてくる喧《やかま》しい音に目を覚ますと、寝巻きの上にジャンパーを羽織り、外へ出た。

「わだし、ここの大家です。うぢの店子さ何がありました？」

アパートの前に待機する救急隊員に訊ねた。

「一〇三号室の竹村さん。〈胸がたまらなく痛い〉と通報あったもんで」

四十年前には、近所の大学に通う医大生向けのアパートだった。自転車で颯爽《さっそう》と学業へ向かう学生達の姿は、もうない。

ここ十年弱の間、忘れた頃に顔を見せてくれるのは件の大学病院の別棟からやってくる救急車ばかりだ。

担架に乗せられた竹村が救急車に運ばれる様子を、杉本は沈痛な面持ちで眺めた。

担架が大きいのか、老人が小さいのか。

「命に別状は……」

「分かりませんが、意識はあるんで。大家さん、良がったら竹村さんの身内のものさ連絡してもらえませんが？」

このまま、帰らぬ人になる者もいれば、そもそも体調に異変があったかどうかを怪しみたくなるほどに元気な姿になって帰ってくる者もいる。

「竹村さん、身寄りないもんだはんで。へば、おらがこのまま一緒に病院さ行ぐはんでさ」

携帯電話だけ取ってくると救急隊員に告げ、杉本は一旦家へ戻った。

玄関口では、妻が心配そうに待っていた。

「竹村さん、胸が痛《いて》ぇってさ。おら、病院さついでいぐはんでさ……」

説明しながら靴を脱ぎ、顔を上げた。

「わい」

妻の後ろに、竹村が立っていた。

まだ光の弱い廊下の白熱灯の明かりでは、竹村が微笑んでるようにも泣いているようにも見えた。

「竹村さん、なしてごさいるのぉ！　まいねべや、救急車さ乗ってねえばさぁ！」

話す夫の目線を追って、妻が振り向く。

「あんた、何喋っちゃあ？」

妻は怪訝な表情で夫にそう問いただした。

「あ？」

竹村は妻の後ろで深々と頭を下げると、ゆっくりと姿を朧《おぼろ》にし、終いには消えた。

一〇三号室の片付けが終わると、店子の紹介ですぐに次の入居者がやってきた。

「ああ、んだが……奥さんとば癌で亡くしたのが……それは気の毒に……。まあ、何があったらおらさ言いへ。相談さ乗るはんでさ」

世話やきの大家、杉本も今年で七十になる。

ドア

小林さんはマンションの二階の一番端の部屋で一人暮らしを始めた。

格安の部屋だった。同じ広さの他の部屋より二割ほど安い。これはいいとすぐに引っ越しを決めた。

しかし、引っ越して以来、その部屋では、毎晩のように玄関から奇妙な音が聞こえた。

金属で金属を引っ掻くような音だ。

確かに玄関のドアは鉄製だ。そうなると何者かがドアを引っ掻いているのだろうか。毎晩毎晩、誰が何のために。

一週間ほどは我慢していたが、次第に音の響く時間が長くなってきた。よく聴いてみると、大型のカッターナイフか何かで力一杯ドアを切り裂こうとしているような音に思えた。

しかし朝になって確認しても、ドアには傷一つ入っていない。

気のせいではない。毎晩のように聞こえるあの音が気のせいのはずはない。

とうとう休日の前日に、徹夜で玄関に張り込むことにした。張り込んでいるのを外から悟られないように、玄関の明かりは消したままである。

日付が変わる頃になると、ドアに硬いものを叩きつける音が始まった。引っ掻く音も激しい。近隣から何か言ってくるのではないかと不安になるような強烈な打撃音だ。

意外なことに、ドアノブもガチャガチャと乱暴に回され始めた。

ドアノブを回しながら何度となくドアを力任せに引っ張る。

――開けようとしている。

相変わらず何かを叩きつけたり引っ掻いたりする音も響きっぱなしだ。

つまり、ドアの向こうにいるのは一人ではない。

このままこの部屋にいるのはまずいんじゃないか？

小林さんは、当初犯人を見てやろうと考えていたが、恐ろしさに覗き窓から外を見ることもできないまま夜明けを迎えた。

翌日も相変わらず深夜に音が響き始めた。

暫くガンガンという金属音がした後に、音が止んだ。

――あれ？　今日は短いな。

耳をそばだてていると、小さくかちゃんという音がした。玄関の鍵が開いた音だ。

ドアが開いた。がん！　ドアはドアチェーンに引っ掛かって止まった。

念のためにチェーンを掛けておいたことが功を奏した。

がん！　がん！　何度となくチェーンが引かれた。いつ切れるだろうかと気が気でない。

暫くしてドアが音を立てて閉まった。諦めたのか、単に時間が来たのか。

その夜はそれ以降、玄関に異状はなかったが、小林さんは寝付くことができなかった。


「ヤバイ奴が来てるんじゃないか？」

小林さんは友人に相談を持ちかけた。

「そいつ部屋の鍵開けるとかどうやってんの？　合鍵とか作られているんじゃないの？　あとは前の住人を恨んでいる奴とか？　元同棲してた相手とかさ——」

「でもさ、ドアに傷とかもないし、隣の人に訊いたけど、音なんて聞こえないって言ってるんだよね」

「気になるならうちに泊まりにくる？」

渡りに船である。数日分の着替えと仕事道具を持ち、友達の家に厄介になることにした。

次の週末、様子を確認するため、着替えを取りに行くついでにマンションに立ち寄った。

小林さんは血の気が引いた。ベッドが八つ裂きにされ、枕には包丁が刺さっていた。

抜き取ってみると、キッチンに置いてあったはずの自分の包丁である。

空き巣だ。すぐに警察に連絡をした。だが、現場検証の結果は不満の残るものだった。人の入った形跡がないのだ。小林さん以外の指紋も検出されなかった。

「あなたの痕跡以外ないんだよね。小林さん、念のためお訊きしますが、これは御自身でされたんじゃないんですよね」

警察からはそう疑われた。ただ、宿を提供してくれていた友人の証言で、やっと狂言ではないと信じてもらえたようだった。

警察の捜査が入った翌日、マンションを経営している大家がそわそわした様子で話を持ちかけてきた。

「二階に部屋が空いたから、できればそっちに移ってくれないか。家賃同じでいいから」

同じ部屋に住んでいると、同じことが繰り返されるような気もしたので、勧めに従った。

部屋を移って以来、以前の部屋は空室になっているにもかかわらず、ずっと居住者の募集がない。ただ、大家にそれ以上の事情は聞けなかった。また後日、神主が来て何かしていったと他の住人からも聞かされたが、それ以上のことは分からない。

小林さんの部屋に侵入した犯人もまだ見つかっていない。

平気で……

小出が、冬の短期バイトのため、とあるスキー場のペンションで働いていたときのこと。

「はぁ〜。やっと帰ってこれたぁ〜」

派手なスキーウェアを着たカップルが、これみよがしに大きな声で疲れをアピールしながら、ペンションのドアを開けた。

すると、ロビーに座って温かい飲み物を飲む利用者達がざわつき始めた。

「え？　え？」

「……おいおい。大丈夫かよ……」

カップルの顔の皮膚には沢山の霜が降りていた。

霜から透けて見える皮膚の色は青黒く、唇の血色もまったくない。

暖かい場所に来られたからと、薄ら笑いを浮かべて安堵できる健康状態にはとても見えない。

騒然とするロビーの様子に感づいたオーナーが慌てて事務所から飛び出し、カップルの前に立った。

「ダメダメ！　出ていって！」

オーナーの制止を目にすると、カップルの口元にあった微笑は消え、能面のような表情になった。

そして、ゆっくりと館内から出ていった。

「あいつら、平気で帰ってきやがるから」

オーナーは怒りに満ちた様子で、小出にそう言った。

前の女

藤川さんは就職を機に家を出て一人暮らしをしたいと考え、安いワンルームマンションを借りて住み始めた。そこはどことなく違和感を覚える部屋だった。

部屋を掃除していると、時々、床に自分の髪質とはまるで違う長い髪の毛が落ちている。

ある日は戸棚からティーカップが出ていた。本人には出した記憶がないが、コーヒーを飲んだ跡がある。持ち上げると赤く口紅の跡が付いている。

別の日にはクローゼットの棚に入れてあった自分の下着が、ゴミ箱に突っ込まれていた。

だが、盗まれたものもなく、侵入されたという証拠もない。気になったが放っておいた。

ある夜、帰宅してシャワーを浴びようとユニットバスの扉を開けた。その瞬間、頬に衝撃が走った。その衝撃に尻餅を突いた。

白くて細い手がバスルームに引っ込んでいくところだった。

「ノックくらいしなさいよ!」

女性の声が響いた。反射的にすいませんと謝ったが、今のは誰だと思い直した。

ドアを開くと、水滴だらけの暖かいバスルームには誰もいなかった。

ニッ

卓袱台に置いた小さな鏡台が一つ。
顔を映し、由美子が化粧をしている。
そんなに念入りにお絵描きしても、醜女は醜女だ。
さほど変わらないだろうに。
鏡の中の彼女が、まるで僕の心の声が聞こえたかのように、こちらを睨み付ける。
こちらも負けじと、鏡の彼女を見つめ返す。
鏡の彼女がニッと笑うと、歯が真っ黒だ。
お、おい……と彼女の悪戯に抗議の声を上げる。
えっ、と彼女が驚いてこちらを向く。
しかし、鏡の女はまだニッと笑って、こちらを見ている。

慣れ

食器を洗っている最中、それに気が付く。

またか……。

溜息を吐き、天を仰いだ。

排水口に割り箸を差し込むと、ねちゃねちゃとしたものの感触が手に伝わってくる。

箸を抜くと、カビといつか食べたカップラーメンの残飯にまみれて、大量の長い髪の毛が絡みついてくる。

俺は割り箸ごと髪の毛をゴミ箱に投げ捨てた。

何度掃除しても髪の毛は詰まり、何度掃除しても慣れない。

大学を卒業して実家に戻るまで、あと一年もこれが続くのか。

もう、いいかい

当時、兄弟ともに年齢一桁台。

かくれんぼをしていた。

二人の家、二階建ての一軒家でのことだ。

兄が鬼で、弟が隠れる番だった。

「もう、いいかい」

「もう、いいよ」

弟の隠れる場所は大体決まっていた。

二階のリビングの、窓とカーテンの間である。

兄は弟が遊びを楽しめるように、見つけるまでわざと時間を掛け、時に弟がいる訳もない小さなゴミ箱の中を覗いて「ここかな」と叫んだりした。

一階でひとしきり弟のために騒いだあと、二階へ上がった。

リビングに入ると、やはり弟の足がカーテンの下からはみ出ている。

そして、その隣に白く細い足が二本。

誰かがもう一人隠れている。

兄は無言でカーテンの裏側に手を伸ばし、弟の手を引いた。

「どうしたの？」

「いいから。今日はかくれんぼ、やめよ」

「うん」

いつになく真剣な兄の言葉に、弟は素直に従った。

兄はリビングから出るときにもう一度カーテンを見た。

足は消えていた。

屋根雪下ろし

雪国では冬の風物詩の一つに〈屋根雪下ろし〉というものがある。

雪の重みで屋敷が一部倒壊、或いは、全壊することもときにありうる。

——うっ。

その小さなうめき声は女か子供のもののようだった。

工藤さんは、慌てて屋根の上から見下ろした。

地面には自分が角スコップで切り下ろした硬い雪塊が山となっている。

目を凝らすが、一面は真っ白い。

音を出すものも、動くものもない。

工藤さんはわざわざ下まで降りてまで念入りに確認するべきか迷い、咥え煙草を足下の雪に押し付けた。

もし自分の不注意で何か起きたら、と思うと、脂汗が滲む。

——うっ。

そうして身体を止めていると、また声が聞こえた。

声が発せられる場所はやはり下だ。

しまった。

やってしまった。

「待ってろ！　今、行くはんでっ！」

声を上げ、脚立を駆け下りようとした次の瞬間、身体が宙を浮くような感覚に囚われた。

右半身を硬い雪面に強打し、脚立もろとも自分が倒れたことを悟った。

——うっ。

横たわった工藤さんを見下ろす蛍光色のジャンパーを着た少年の顔は、鉄のように黒い色をしていた。

——うっ。

声を上げると同時に、九十度を大きく上回る角度まで折れる少年の首を見て、どうも人ではないことが分かった。

工藤さんが意識を失うまで、少年は何度も何度も声を上げた。

何度も何度も、首を折った。

住宅問題

昔、隣の土地は月極駐車場だった。

今は学生向けのアパートが建っている。

自室の窓の向こうは始終カーテンが閉じられているとはいえ、いきなりアパートの窓だ。

しかし、既に建てられているものに文句を付けたところで、どうにもならない。


ある晩、何となしにブラインドを上げ、ガラス越しにアパートを見た。

初めてカーテンが開いていた。

部屋の中の明かりは点いていて、卓袱台やタンス、薄型テレビなどの生活用具がまるっと見えた。

住人の姿はなかった。

部屋の奥に立てかけられた縦長の鏡に、部屋を覗く自分の姿が映っていた。

思えば、自分の部屋の壁にも鏡が付いている。

合わせ鏡とは縁起が悪い。

ブラインドを下げ、振り向きざまに自室の鏡を見た。
鏡の中では、下げたはずのブラインドが上がっている。
何かの間違いかともう一度窓に向くと、ブラインドは確かに下がっている。
もう一度鏡を見ると、やはり上がっており、加えて窓が開いていた。
三度、窓のほうを見る。
ブラインドは下がっている。
一方、鏡。
窓が開き、自分の後ろに女が立っているのが分かる。
振り返らずに、部屋から逃げた。

やべぇ

〈火の番〉にまつわる怪談。

川根が中学生の頃、祖父が病気で亡くなった。

亡くなる五日前はまだはっきりとした意識を持っていた。

川根が見舞いに行くと孫の顔に喜び、小遣いを一万円くれた。

十代前半の男子にとって、一万円は少なくない。祖父が亡くなった後、川根はああ、自分はこれから亡くなるほど弱った者から多額の金を貰ったのだ、これではまるでガメつい守銭奴のようだ、といった旨の罪悪感を抱いた。

通夜の晩、川根は二階の仏間で〈火の番〉をすることになった。

一人で寝ずの番をするのも社会勉強になる——といった親の判断であろう。

川根は線香と蝋燭《ろうそく》の火を気にしながら、仏間で漫画を読んだりお菓子を食べたりして時間を潰したが、次第に飽きが生じてついウトウトと居眠りをするようになった。

いけないいけない、と思いながらも目が閉じそうになる。

いけないいけない……。

いけないいけない……。

寝惚け眼をこすっていると、シャッと襖が開き従姉妹のアキコが仏間に入ってきた。

「やべぇ。まいねぇよ、こいは」

アキコは川根と同じ歳で、身内の集まりでよく顔を合わせる仲だった。

「まいねぇ。こいはやべぇ」

アキコは仏壇に向かって、まいねやべぇと呟きながら何かが起きていることを止めんとするように、一心不乱に片手で十字を切っていた。

突然のことにすっかり目が覚め、アキコを呆然と眺めていると、次第に身体が重くなり、結果畳に横たわる他、為す術もなくなった。

仰向けで唸っていると、両手で自分の喉元を締め付ける祖父の姿が次第に見えてきた。

「まいねぇ。まい、まい」

意識が遠のき視界がぼやける中、十字を切るアキコの声だけがはっきりと聞こえた。

気が付くと、仏間で寝ていた。

夢にしては、まだ喉元に締められた痛みが残っている。

すぐさま、一階に下りてまだ酒盛りをしている数人の親戚に起きたことを話した。

「おめ、眠りかけしちゃあべ」

「ちゃんと火の番しねえはんで、じっちゃおごってまったんだべや」

親戚達は、ただ笑うばかりだった。

「大体、今日だっきゃアキコ来てねえはんでやぁ」

「今になるとあれは夢だったがもしれないんだけど――」と川根は言い、喉元を擦る。

「――夢であったに喉苦しくなるもんなんだべがぁ」

その後、アキコに度々会うことはあったが、通夜の日のことは話していないそうだ。

蝿

「正式には何ていうんすかね？　僕は〈蝿〉って呼んでるんですけど」

物心付いた頃にはもう見えていた。

「小さい頃の思い出で印象的だったのは親父のツレ」

学校帰りだったか、遊んだ帰りだったかは忘れたが、夕方家に戻った。

居間では父親と見知らぬ男が卓袱台で酒を飲んでいた。

テレビを観たかったので、大人の輪には入らず、ソファに座った。

「んー。まあ、大変なのは分かったよ。一応、一筆書いてもらうけど心配しないで」

父は男と目を合わせないでそう言った。一方男は、父を食い入るように見ている。

「……本当ですか。ちゃんとお金は返しますので……」

男がさらに何か言いかけると父がそれを制止した。

「子供の前であんまり金の話はしないでくれよ……」

「はい。すみません」

男は急にかしこまって、猫背を伸ばした。

沈黙。二人とも大人の話を進めるため、子供が部屋からいなくなるのを待っている。

黒い靄《もや》が、まるで鍋から湧き上がる湯気のように男の背中から立ち上っている様子を見て、〈この男、ダメだな〉と、ヨシユキは思った。

この男から出る黒い靄の量は、機嫌が悪いというだけで何かと体罰を与えようとする学校の担任教師や、訳もなくタカシの背中に蹴りを入れるショウタの比ではなく多い。

この男は相当〈ダメ〉だ。観ていたテレビ番組もそこそこに、ヨシユキは居間を出た。

「おじさん、頑張ってね」

別れの挨拶がてらに何か声でも掛けようとした結果、そんな言葉が口に出た。

男は返事もなく、微動だにしないまま、ただ父の顔を見ていた。

「でね、結局その男は親父に金を返してないわけ。今でも親父のお人好しをお袋が責めるとき、その話になるんすよ。あんだけ〈蝿〉が出てたんだから、かなりのもんだよ」

ところで何で〈蝿〉って呼ぶの？　その黒い靄がその辺を飛び回ったりするわけ？

「違う違う。飛び回ったりはしない。出てもすぐ消える。あの黒い靄は決まってクソみたいな奴から湧いてるんすよ。クソから湧くんだから、そりゃ〈蝿〉でしょ」

へぇ。ちなみに俺からも出てるかい？

「あんた、娘がいるんだろう……頑張って下さいよぉ」

秘密の夢

深夜のこと。

「あ、来ます……」

夫がそのフレーズを口にすると、必ず〈ピンポーン〉と一度だけインターホンが鳴る。

普段は静かに眠る夫の、一年に数度ほど発する寝言だが、確実に合わせてインターホンが鳴るのだそうだ。

夫に、

「どんな夢を見ているの？」

と訊ねても、

「言いたくない」

としか答えない。

妻はインターホンを無視するようにしている。

トイストーリー

三崎さんご夫妻は、二人揃って熱心なアニメファンである。

旦那さんは以前は美少女フィギュアを何体も購入していた。

ただ、御夫妻の住むマンションの部屋では、人型をしたフィギュアは長く居着かない。台座を残して消えてしまうのだ。会社から戻ってくると、フィギュアを飾ってあったはずの出窓に、台座だけがぽつねんと残されている。もちろん他人が部屋に入った形跡はない。

奥さんに訊いてももちろん知らないという。

仕方がないので台座だけを箱に戻してしまっておくと、いつの間にやらそのフィギュアが箱の中に綺麗に収まっている。

こんなことが何度も続くと、さすがに人型のフィギュアに手を出そうという気持ちが薄れる。そこである程度の種類について実験をしてみた。その結果、どうやら人間でも胸像型のフィギュア、メカやロボット、動物などのヌイグルミに関しては姿を消さないということが分かった。

ある日、奥さんがどうしても欲しいというので、とあるアニメに出てくる白い髪に赤い服を着た青年のフィギュアを一体購入した。このフィギュアはブリスターパックと呼ばれる、透明な樹脂を真空成型した包装になっており、カッターなどで外周を切り開かないと中身を取り出すことができない。

買ったその夜に、念のために実験と称して開封しないでおくと、やはりフィギュアがカタカタと音を発する。どうやらパッケージの中で細かく震えているようだ。そして翌朝にはその青年のフィギュアは姿を消した。ブリスターパックに穴は一切なかった。

——ああ、やっぱり人型で足の付いている奴はダメなんだ。

犬や猫のフィギュアやおもちゃは姿をくらますことはない。鳥や魚でも大丈夫だ。これは人間に限ってダメなんだなと暫く考えていたが、ある夜に飾り付けた食玩のシロナガスクジラもどこかにいなくなってしまった。

現時点では、人間とクジラだけがいなくなるらしいということが分かっている。

リヤカー

広島での話である。

弘人君が夏休みの夜中に二階の自室で受験勉強をしていると、キーキーとした金属音が聞こえてきた。油の切れた古い自転車を押すような音だ。

こんな夜中に誰だろうと、窓から通りを見下ろすと、黒い人影がリヤカーを引いている。

リヤカーの荷台には、マネキンの手や足、胴体などが山ほど積まれている。

変質者だろうか。何となく浮浪者ではなさそうだった。

一晩だけという話ではない。週に二度三度とやってくる。家の前に立つと、そのまますぐに引き返していくのだが、あれは何なのだろう。

気になったので、母親に心当たりはないか訊ねてみることにした。

「あのさ、俺の部屋から夜外見てるとさ、時々……リヤカーっていうの？　荷車みたいなのにマネキンの手とか足とか山ほど積んでやってくる人影が見えるんだけど、お母さん見たことある？」

母親は暫く逡巡した後で言った。

「ここの土地を買うとき安かったって話、言ったことあったっけ？」

初耳だった。そう告げると母親は「そうだったかしら」と言って話を続けた。

「ここね、昔は山だったそうなのよ。そこを切り拓いた土地なのね。でね、お母さん達もいろいろあって調べたんだけど——」

その土地の周辺は、元々市内から離れた場所である。そしてここには焼き場があったのだと聞かされた。

「原爆で亡くなった人をそのままにしておく訳にはいかないから、臨時の焼き場が沢山あったらしいのよ。ここはその跡地なの。原爆被災者を焼くための場所だったのよ。ここ」

そういえば、あの黒い人影を見るのは八月に入ってからのことだった。

椿の家

健一が高校生だった頃にあった話。
近所に住む武居夫妻は鴛鴦《おしどり》夫婦として知られていた。
結婚して十五年、夫婦仲は概ね良好で、もうすぐ中学生になる娘もいる。
妻の紗栄子は庭の手入れが好きで、縁側から見える椿が自慢だった。
傍から見たら理想の家族であった、筈だった。
紗栄子が首を吊った。
学校から帰ってきた娘が、庭の見える縁側にぶら下がっていた母を見つけた。
沓脱《くつぬぎ》石の上には、叩き割られた夫の湯呑と思しき欠片が散乱していた。
卓袱台の上に残された遺書を読んで、娘はその理由を知った。
「人殺し！　お母さんを返せ！」
娘は父を罵った。
夫・裕之は不倫していた。
どういった経緯で紗栄子がそれを知ったのかは、今となっては分からない。

誰にも相談できず追い詰められた結果だったのだろう。

〈年老いて後も、この縁側から共に庭を眺めよう。そう約束した気持ちは一体どこへ行ってしまったのでしょう〉

遺書には、その日を思って丹精込めて庭の手入れをしてきたことが綴《つづ》られていた。

娘は父と暮らすことを拒み、母方の祖父母の元へ身を寄せた。

一人残された裕之が茫然自失して縁側に座っているのを、部活帰りで遅くなった健一は何度か見ている。武居家は家の周りを囲うように庭がコの字の形をしていて、垣根越しに庭の内部が垣間見られるのだ。

やがて裕之が椿の傍でぶつぶつと何か呟いている姿が見られるようになった。

奥さんが亡くなっておかしくなったと、近所で噂になった。

その頃、見知らぬ若い女が頻繁に裕之を訪ねてくるようになり、ほどなく住み着いてしまった。

不倫相手と思われるその女の存在をまったく無視している裕之の振る舞いもまた、噂に拍車を掛けた。

その日も健一は武居家の庭側の道を歩いていた。健一の家はこの道を庭に沿って左折した先なので、ここを通らなければ家へ帰れない。

相変わらず庭には裕之がいた。いつものように椿に向かってぶつぶつと何か呟いている。

その顔は穏やかで、優しく笑みさえ浮かべている。

「なぁ、紗栄子」

楽しげにそう呼び掛けていた。

「いつまでそんな気持ち悪い嫌がらせしてるのよ！」

凄い剣幕で家の中から女が飛び出してきた。

「奥さんは自殺したのよ、いる訳ないでしょ！」

そう吐き捨て、女は裕之の腕を掴んで引き摺るようにして家の中に消えた。

暫し唖然と見送って、健一は我に返った。高校生には少しばかり刺激が強過ぎた。

家路を辿るべく歩き出す。庭を回るように角を曲がり、椿のほうへ目線をやって息を呑んだ。

紗栄子がいた。

生前と変わらぬ姿で家の中を見ている。

「けんちゃん、おはよう」

そう挨拶してくれたときそのままの優しげな笑みさえ浮かべているというのに、怖い。

ただ、ただ、酷く怖かった。

紗栄子が亡くなってから、ずっと仕事を休んでいた裕之が出社するようになったある日の夜。

武居家に住み着いているあの女が、健一の家に裸足で飛び込んできた。

「家のどこにいても、奥さんが見てるの」

怯えと混乱で震えていた。

「椿の下にいる。笑ってる。何がおかしいのよ！」

健一と健一の母は顔を見合わせた。

裕之はまだ仕事から帰ってはいないらしい。

時間も時間であることだし、不審者がいてそれを見間違えたのかもしれない。

そう結論付けて、健一と母の二人で女を家まで送っていくことにした。

庭に面した道を通り、角を曲がって玄関へ来て悲鳴を上げた。

明かりも点けたまま、窓も入り口も開けっ放しの玄関に紗栄子が立っていた。

あの柔和な笑みを浮かべて。

何がどうなったのか、気が付けば母と二人、女を置いて逃げ帰ってきていた。

置き去りにされた女は何を見たのか。

翌朝様子を見にいったときには、茶髪の派手な顔立ちだった女は白髪だらけの老婆のようになっていた。

暫くして女は出ていった。

「今年の椿も綺麗だなぁ、紗栄子」

縁側で荒れ果てた庭を眺め、裕之は今でも一人亡き妻に話しかけている。


それが五年前のこと。

最近、娘の親権は紗栄子の両親に移った。

「妻は家にいます。今日だって僕を見送ってくれました。でもおかしいな、前みたいに一緒に食事をしてくれないんです。家に入ってこない。こんなに謝っているのに」

親権を争った裁判で裕之はそう語ったのだという。

今でも時々、健一は庭に紗栄子が立っているのを見る。

大学を卒業したら家を出るつもりだ。

紗栄子がずっと笑っているのが、怖くて怖くて仕方ないから。

霧島

春本さんはかつて九州の霧島地方に家族で旅行に出かけた。家族旅行といっても自分と妻、そしてまだ幼稚園の息子の三人連れである。

宿で息子が退屈するといけないだろうと、当時普及していたテレビ一体型ビデオを車に積み込み、宿の部屋まで持ち込んだ。

お気に入りの戦隊物のビデオを点けると、息子はおとなしくそのビデオを観始めた。

夫妻は昼間の観光の疲れを癒やすために、早々に布団に潜り込んだ。

――ビデオが終わったら勝手に潜り込んでくるだろう。

いつもそうしているのだ。春本さんはあっという間に眠りに落ちた。

息子がやけに喜んでいる声が聞こえて目が覚めた。あっち向いてホイをしている。

――母子の二人で楽しんでるのか。俺はいいや。もう一寝入りしよう。

声に背を向け、布団に再度潜り込もうとしたときに、息子が大声で泣き出した。

「どうしたどうした」

布団から抜けだすと、奥さんも起きてきた。

「お姉ちゃんが――！」

そう繰り返して泣く息子を夫婦であやして同じ布団で寝た。

翌朝、昨晩の様子が気になったので、息子に訊ねた。

何か怖いことがあったのかと訊ねても首を振る。

詳しく話を訊くと、両親が先に寝てしまったのでずっとビデオを観ていた。そうしていると、いつの間にかお姉さんが部屋に立っていたのだと答えた。

優しい顔でニコニコしていたので、一緒にあっち向いてホイをして遊んでいた。

「お姉ちゃん強くって、ずっと勝てなかったの。でも最後に勝ったら、お姉ちゃんは窓の外に飛んでいって消えちゃった」

だから泣いたのだと息子は言った。

父

谷岡君の中学時代の話。

修学旅行で泊まった旅館の二階へ至る階段にイヤな雰囲気が漂っていた。

自分達のグループは一階の大部屋に宿泊していた。

二階には別の友人達のグループがいるので遊びにいこうか——と階段に差し掛かったところで、胸騒ぎを感じたのである。

しかし、何だかイヤだ、くらいの理由で二階へ上がらないのは、どこか常軌を逸している気がしたので、心を落ち着けてから階段を上った。

結果、無事友人達と楽しく遊ぶことができた。


旅行中、谷岡君の父は少し身体を壊し、入院していた。

旅程を終え見舞いに行くと、父は息子の顔を見るなり、開口一番、

「お前、よくあの階段を上がれたな」

と言った。

おじさん

プロカメラマン志望の加護君の話。

パソコンで色みの調整をしていたときのことである。

写真は友人の女性をモデルにした、街なかでのショット。

ファッション雑誌に掲載されるような仕上がりをイメージして作業を行っていた。

「ん？」

一枚、撮った覚えのない写真が紛れ込んでいた。写っているのは親戚のおじさんだった。

枠一杯に、目を瞑ったおじさんの顔が〈どアップ〉で写り込んでいる。

デジタル方面には詳しいつもりだが、何がどうして作業上のデータにおじさんの顔写真が紛れ込んでいるのか、皆目見当が付かない。だが、それこそ知ったつもりでもよく分からないものが〈デジタル〉だし……とおじさんの顔はさておき、加工を進めることにした。

そして、加護君はおじさんの寝顔のデータのことをすっかり忘れた。

再び思い出したのは、それから数年後に癌で亡くなったおじさんの葬式で、棺の中を覗いたときだった。

恵比寿

山手線のとあるターミナル駅の駅前銀行での話である。

その銀行は外から見る限り三階建てなのだが、二階と三階の間にもう一つフロアがある。実際には四階建てのビルを、外装によって三階建てに見せかけているのだ。

そのフロアには休憩室として利用されている八畳間の和室がある。

浩一さんはその銀行に警備員として派遣された。仕事を覚えるために、早速先輩の警備員とフロアを回ることになった。

ぐるりとビルの中を巡り、最後に休憩室に入った。

「異常なし」

浩一さんが指差し確認をして部屋を後にしようとすると、先輩が首を振りながら言った。

「ダメだよ、この部屋には押し入れがあるんだ。誰かが隠れていたらどうすんだ」

言われてみればもっともである。浩一さんは押し入れの襖に手を掛けた。

スッと引くと、押し入れの二段目に、ちびて鄙《ひな》びていじけたような和装の老婆が、俯いたままじっと座っていた。生きているように見えるが、老婆の色は全身灰色である。

浩一さんは叫び声を上げて座り込んでしまった。逃げようにもそこから動けない。

腰を抜かした浩一さんに、先輩は笑いながら声を掛けた。

「な。いただろ？」

あれは何か、どう報告書に書けば良いのかと詰め寄る浩一さんに、先輩はにやにやしながら答えた。

「報告はしなくていいよ。婆さんは、このビルが建てられて以来、ずっとああやって押し入れの中にいるらしいから」

先輩は他言無用だぞ、と続けた。

今も灰色の老婆は押し入れの中にいる。

一度だけ

女子短大を卒業した安本は地元の小さな印刷会社に就職した。

デスクに座り事務作業をこなしていると、不意に左肩にポンと手を置かれる感触を度々感じた。

「あ」

始めのうちは誰かが後ろにいるのだろうと、慌てて振り返ったものだが、何度か繰り返されるうちに、そうすることはやめた。

誰もいないのだ。

見えざる手にはぬくもりがあって、暫く肩にその温かさが残る。

姿形はないものの、人の五指を肩に置かれている、という感覚そのものがあった。

痛み痒みでも感じようものなら、すぐさま何かしらの症状を扱う病院にでも駆け込むべき事例なのだが、あるのは前触れもなく肩を触れられたときの驚きだけだ。

そして、そんな見えざる手とともに数年が経った。

もはや同僚に「今、手を置かれた」と話したところで、「またか」と笑われるだけだ。

その頃、新入社員に菊池という女性がいた。

「ええ。安本さんもですか……」

菊池に感触のことを話すと、菊池も同じものを社内で感じるとのことだった。

「イヤじゃないですか。あれ」

「うん。びっくりするよね。何なんだろうね」

「びっくり、なんてものじゃないですよ。私、痛くて」

「痛い？　そう？」

「バンッ！　って来ません？」

「そうかしら……？」

菊池とは感触の具合に関しての話は食い違うが、不意に手が左肩を――というところまでは一緒だった。

数カ月後、菊池は会社を休んだ。

左肩の激痛に耐えかねた菊池が病院に行ったところ、疲労骨折が見られたそうだった。

「安本さん、会社辞めたほうがいいですよ」

入院中の菊池からの電話は、逆に安本を気遣う旨のものだった。

「お医者さん、私の肩の手形見てびっくりしてましたよ」

菊池が、手の痕が付くほど強く叩かれているとは初耳だった。

「安本さんは何ともないって言うけど、アレは絶対に触られたら良くないものだと思いますよ。ほんとに」

「そう言われてもねえ……何かあったら辞めるよ……」

安本は今もその職場に勤務している。

手に強く叩かれたのは、入社から十数年の中、〈一度だけ〉だそうだ。

ガラ出し

東京駅に改修工事が入っていた頃のことであるから、平成二十年代前半の話である。

梅田さんは歴史ある赤煉瓦の建物の中の工事現場で作業員として働いていた。

「よし、ガラ出しジャンケンすっぞ」

まるでいつものことのように作業員の一人が言った。

「何すか」

「いいから、ほら、ジャンケン」

梅田さんは無事勝ち抜けた。負けた一人がしきりに「嫌だよ」と繰り返した。

——何故この人はこんなに嫌がっているんだろう。

ガラ出し作業自体は袋詰めされたコンクリートの破片を、バケツリレー式に手で外まで運び出すというものだ。その順番決めをジャンケンで行ったのだ。

しかしわざわざジャンケンをしなくてはいけないものだろうか。他の現場ではそんな手続きは見たことがない。

観念したようにその人は先頭に立ち、ガラを次の人に送り始めた。

「何であの人あんなに嫌がってたんスかね」

休憩中に先輩作業員に訊ねてみると、お前新入りだったなと言って教えてくれた。

「あれな。時々手が出んだよ」

「手？」

「ガラ出しのときにバケツリレーすんだろ。一番先頭の奴にガラ渡してくる手が出るんだよ」

最初にそれに遭遇した作業員はそのまま帰宅し、次から来なくなってしまった。

それ以来ジャンケンで順番を決めているのだという。

白くて細い手だという。

下川井

その日、中原さんは国道十六号線保土ヶ谷バイパスの工事のために道路公団の事務所で待機していた。作業員が足りないということで、臨時の作業員として誘われたのだ。

事務所は粗末な二階建てのプレハブだった。

時刻は夕方六時を回っていたが、季節柄まだ夜というほど暗くなってはいない。現場に出るにはまだ一時間ほど余裕があった。

コンビニで夕飯でも買おうかと外に出ると、小雨がぱらついていた。もちろん工事が中止になるほどの降りではない。

道路を挟んだ向こうには、公団が資材置き場にしている土地があった。歪んだガードレールが積み重ねられ、コンクリートブロックなどの資材やカラーコーンが置かれている。

そこに白いワンピース姿の女性が立っていた。

――事務所の人かな？

資材置き場の入り口には黄色いチェーンが張られ、一般人は入れないようになっている。

だからこの女性は公団の関係者なのだろう。中原さんは会釈をしてコンビニに入った。

弁当や飲み物を買い込み、コンビニを出た。資材置き場を確認したが女性はもう立ち去った後だった。

弁当を食べながら仕事仲間と馬鹿話をしていると一人が言った。

「今晩事故が起きるかもよ」

「何故よ」

「んー。こんな雨の日は事故がよく起きるんだよ」

ああそうだろうな。中原さんは納得した。

現場に出る前に二階の会議室に工事スタッフが集合した。工事の打ち合わせと伝達事項の確認だ。その日の現場の状況、工事の手順などを現場監督が手際よく伝えていく。

打ち合わせの最後には、全員の前で一人がその日の安全標語を言うことが恒例となっており、その夜は中原さんがその順番に当たっていた。

中原さんが標語を言うためにスタッフの前に立つと、会議室の奥のドアが半開きになっているのが見えた。その半分開いたドアの上から女性が覗いている。その顔に見覚えがあった。先ほどのワンピースの女性だ。きっとポスターか何かを貼るために、脚立の上に立っているのだろう。女性と目が合った中原さんは、ドアのほうに向かって会釈をした。

「中原君、どうしたの？」

現場監督が不思議そうな顔で訊ねた。中原さんが説明すると、現場監督の顔がサッと青くなり、そのまま何も言わずに階段を下りていってしまった。

何かまずいことでもしただろうかと中原さんが青くなっていると、監督が戻ってきた。

「本当に見たのか？　白いワンピースの女だよな」

「ええ、さっきドアからも覗いてましたよ」

「あのな、あの資材置き場で女の人を見ると死亡事故が起きるんだよ」

「え、事務の方じゃないんですか？」

「ここには女性事務員なんていないよ。はい、皆さん今日は工事中止ですから！　日当は出ますから、受け取って帰って下さい！」

慣れている作業員は、さも当然のように理由も聞かず事務所から立ち去った
中原さんが日当を受け取って外に出ると、道路公団の車が事務所前に何台も停まった。

翌日、現場監督に呼び止められた中原さんは、昨晩事故が起きたことを知らされた。

「また同じ場所で死亡事故。資材置き場のガードレールな、全部その場所の事故のものなんだわ。いやぁ、中原君が出たのを教えてくれて助かったよ——」

資材置き場には、ぐちゃぐちゃに歪んだガードレールが転がっていた。

始末書

佐原さんがとある会社のビルで作業員として働いていたときのことだという。

そのビルには四階に大型コンピュータの設置されたマシンルームがある。そのコンピュータを夜中に入れ替えることになった。作業のために人の出入りが続くので、四階のマシンルームの自動ドアは開きっぱなしにする手筈となった。

そこで自動ドアの電源を切った後、手で押して開いたままの状態にした。

夜半過ぎに入れ替え作業が一段落付いた。そこで事務室に戻り、作業員四人で雑談をしているうちに怖い話になった。

話が盛り上がってきた頃、マシンルームの前の自動ドアが、ポーンと電子音を立てて閉まった。

「あれ？　さっき自動ドアの電源落としたよね？　何で閉まるの？」

一人が言った。電気が通じていないから、作業の間開きっぱなしだったのだ。

「確認してくるか」

見ればやはり自動ドアは閉まっている。

再度電源の落ちている自動ドアを手で押して開ける。

暫くするとビルの主任さんがやってきて、作業員達に訊いた。

「ここで怖い話してるの？」

「ええ、まぁ」

「ダメですよ。ここで怖い話しちゃダメって規則で決まってるでしょ。だからね、怖い話はダメよ。最悪始末書もんだからね」

「あ、すいません」

佐原さんは咄嗟《とっさ》に謝ったが、頭の中は疑問符だらけだ。

「俺の話、信じてないでしょ」と、前置きして主任さんが話し始めた。

「……このビルな、実は俺の部下だった女の幽霊が出て」

そこまで話しかけたところで、ビルのメイン電源がばちんと落ちた。

翌日、佐原さんと主任さんは「怪談をしました。もう二度としません」という内容の始末書を書いたという。

焼きそば

元露天商の柴田さんの話である。彼がある神社のお祭りに店を出したときの話である。

彼は年若くして露天商に弟子入りした。親方は久米さんといい、長く露天商を続けてきた齢七十絡みのしゃきっとした老人である。

その人の仕事を手伝い、商売人としての作法を一から教わったのだという。

修行の間、柴田さんは店を開けるだけの資金を貯め、ある神社のお祭りに出店することになった。

店の配置は地元の露天組合の割り振りに従うことになる。

当然ながら自分の店は敷地の端だろう。所場代《ショバ》は払っているが俺は新入りだ。実績も立場もなければ顔が利く訳でもない。そう思いながら割り振りの発表を待つ。

「次ね。えーと、柴田さん、あんたはここ」

神社の本殿に近い場所に柴田さんの店が割り振られていた。大変良い場所である。

「ここは久米さんにお願いしようと思っていたところだが、あんたそこでやってくれ」

理由を問い返すことが許されるような雰囲気ではなかった。

お祭りの当日、言われた通りにその場所に屋台を開いた。

しかし久米さんの姿が見えない。そういえばここ何カ月も会っていない――。

浴衣姿の男女が参道を歩いていく。柴田さんの店の焼きそばもよく売れた。

「おい」

店の裏手から声を掛けられた。お客さんではないなと内心思ったが、いつもの癖でお客さんに答えるように軽快に声を上げて振り返ると、久米さんが立っていた。

「あれ、今日はどうしたんすか。店のほうやらないんですか」

「まぁな。今日はちょっと顔だけ出しに来た」

口数が少ない。

普段なら開口一番説教されるのが常であった。特に柴田さんの脱色した髪を指差して、その赤い髪を何とかしろ馬鹿野郎と叱られるのが恒例だった。

しかし、今日は説教もなかった。

「元気でやんなよ」

忙しく働く柴田さんの背中に久米さんはそう声を掛けた。

「そんじゃな」

そう言い残して、隣の屋台のほうにふらりと去っていった。

「あ、今焼きそば作りましたから！　持ってって下さいよ！」

久米さんが出ていったほうを見ても、もう誰もいなかった。五秒と経っていない。

隣の店主に久米さんが来なかったかと訊ねたが、当然ながら隣も忙しく接客している最中である。後にしてくれと断られた。

お祭りの期間を通じて、ずっと忙しかった。場所も良いのだろう。なりふり構わず商売し、普段の倍の商いをした。


お祭りがお開きになり、露天組合の世話役に挨拶をする段でのこと。

「今回俺、凄く良い場所で商いをやらせてもらえたんですけど、久米さんってどうされたんですか。俺、久米さんには最近お会いする機会なくて——今どうしてるんですか？」

場所を割り振られたときには質問することはできない雰囲気だったが、今の機会を逃すともう訊くことはできない。その覚悟が世話役にも伝わったのだろう。

世話役は訥々と語り始めた。

「実はな、割り振りを決めていたときには、もう久米さんは助からないと言われてたんだ。自宅療養で臥せっていたんだよ」

柴田さんは息を呑んだ。

「俺が見舞いに行ったときにな、久米さんは〈柴田の小僧に俺の場所をやってくれ〉って言われてな。〈もう数日後には俺はおっ死《ち》ぬだろうが、あいつには集中してもらいたいから、病気のことは言わないでくれ〉と、そんなことを言ってたんだよ」

「亡くなったのはいつですか？」

柴田さんが世話役に詰め寄った。

「祭りの前の週だよ。割り振りを決めたときだからな」

「でも俺、久米さんに会いましたよ」

絞り出した声に世話役が答えた。

「馬鹿言っちゃいけねぇ。でもそうか。面倒見てたお前のところになら、死んだ後でも一回くらい姿見せるか――だってなぁ。お前問題児だからなぁ」

「やっぱりさ、俺の焼いた焼きそば食ってもらいたかったよなぁ」

語りながら、柴田さんは涙ぐんでいた。

指の感覚

「ねえ……何それ？　何、小指に着けてるの……？」

友人の敦子に言われ、チヨリは覚悟した。

いつものこと。そのつもりだった。


バーで会う行きずりの男を誘い、身体の関係を持ったあと、金を貰う。

容姿にも自信があったし、こんなこと、若いうちにしかできない。

得た金で欲しい服を買う。自由業だ。疲れたら、一日中家でごろごろできる。

得た金で外食をする。

そうしている間に、生理が止まった。どの男か分からない。

何にせよ堕ろした。

それを機に、男漁りもきっぱりと辞めた。


術後暫くしてから、小指に違和感を感じるようになった。

ふとした瞬間に、小指を掴まれたような感覚を覚えるのだ。

何度か続くうちに、掌をじっと見るのが癖になった。

一カ月も経つと、ふとした瞬間に何度か続く、どころではなく、始終小指を掴まれているると感じるほどはっきりとその違和感は強くなった。痛みはない。五指の自由も利く。

「あ」

そんなある日から、小指を掴むモノの正体がはっきりと見えるようになった。

小さな手。

ピンク色の小さな小さな手が、小指を掴んでいた。

自分はすっかり病んだのだ、と思った。


「ねえ……何それ？　何、小指に着けてるの……？」

「え？　見えるの？　ほんと？」

「指輪？　そういう形の指輪なの？　凄いリアルね。素材はゴムか何か？」

「ううん……なんだろ」

ごめんなさい。ほんとにごめんなさい。

敦子に会った日の晩、チヨリは自分の小指をハサミで切り落とした。

祖母

くみさんのおばあさんは小学校五年生のときに亡くなった。

葬式は終わったが、四十九日の間は自宅の仏壇に位牌とお骨が並んでいた。四十九日が過ぎた後にお墓に入れる手筈になっていた。

葬式から一週間ほど経った夜中、くみさんは不意に目を覚ました。すっすっとすり足で歩く足音が廊下から聞こえてくる。

——おばあちゃん？

祖母はいつも和服を着て足袋を履いていた。すり足で歩くときに、足袋が立てる音に聞き覚えがあった。

ベッドで耳をそばだてていると、足音は両親の部屋の寝室の前で止まった。暫くすると再び廊下を戻ってきて、階段のほうに向かって折れた。そのまま階段を下りていく。

祖母だと確信した。階段を下りるゆっくりとしたリズムにも聞き覚えがあった。

くみさんはおばあちゃん子だったので、たとえ幽霊だったとしても亡くなった祖母が家にいてくれることが嬉しかった。

——四十九日を過ぎたらお墓に入っちゃうんだよね。

おばあちゃんがいなくなってしまうのは悲しい。せめておばあちゃんの顔を見たい。

たとえ幽霊であってももう一度会いたい。

また足音が聞こえた夜に、勇気を出してドアを開け、祖母に声を掛けようとした。

そこには着物を着たおばあちゃんの後ろ姿があった。

間違いない。いつも着ていた着物である。自分に気付かずにすり足で歩いていく。

「おばあちゃん！」

祖母の歩みが止まった。ゆっくりと振り返る。

祖母ではなかった。

顔は、絶叫したまま固まっているような表情をしている。その両目は真っ黒で、どこまでも深く穴が開いているようだった。

ムンクの叫び。いや、ホラー映画でこういうお面を被ったのがいなかったっけ——。

それはスッと身体をこちらに向け、ゆっくりと歩き出した。

すっすっ。すり足の音が近付いてくる。くみさんは慌てて扉を閉め、ドアに鍵を掛けた。

ゆっくり扉を叩く音がした。扉を開けようとしている。叩く力は強くはない。

もういなくなったかと思う頃に、ドアが軽くこんこんと叩かれる。動けない。

どれだけ経ったただろうか。外が薄明るくなってきた。

もう暫くドアも叩かれていない。廊下を確認すると、祖母はいなくなっていた。

翌朝は寝坊したが、両親の大きな声で目を覚ました。くみさんは一階に駆け下りた。

二人の声は仏間から聞こえる。

両親が慌てていた。どうしたのかと訊ねると、

「ちょっとな、これなんだけど」

祖母の位牌が真っ二つになっていた。遺影も真っ黒に変色していた。そして骨壺の蓋が開いていて、中身がなくなっていた。

——昨日のあいつだ！

その晩もすり足の音が聞こえた。

——私のおばあちゃん、どこに行っちゃったの？

四十九日が終わるまで、廊下をすり足で歩く音は止まなかった。

ネガから遺影を作ろうとしたが、どれも真っ黒な写真になってしまう。

「一番悲しいのは、おばあちゃんの顔が思い出せないんです」

くみさんだけではない。親戚一同、祖母の顔を思い出せなくなってしまったという。

理不尽

リビングの掃除をしていたところ、木櫛をテレビ台の裏側で見つけた。

はるか昔、嫁が〈祖母の形見〉と見せてくれた木櫛だ。

そんな大事なものをいつからこんな所に放置させていたのだろうと思うと、嫁に腹が立った。

大体いつもそうだ。

使いもしないものを買ってきてはそこいら中に散らかし、俺が片付けると随分経ってから何かの拍子に「あなた、あれはどこにやったの」と被害者面で詰ってくる。

何が形見だ。この家で幅を利かせるのはあいつのガラクタばかりじゃないか。

疲れちまう。

俺は木櫛をゴミ袋に放り込んで、再び掃除機を掛けることにした。

「あれぇ。どこだろう……どこだろう」

翌朝、珍しく俺よりも早く目覚めた嫁がそこいらの小物入れをかき回して、喚いていた。

「何探してるの？　昨日、部屋片付けたからさ」

「櫛。おばあちゃんの櫛よぉ」

ほらきた。面倒くさい。

ここはちょっと怒ったように「捨てたよ」と答えるか、「ああ、それは見てないね」とすっとぼけるかの二択だ。

「おばあちゃんが、凄い怒ってるみたいなのよぉ」

「怒ってる？」

またおかしなことを……と呆れながらも、メルヘン国の一大事に顔面蒼白でオロオロする様は幾らか可哀想に見える。

お情けをかけて、ここは第三の手でも使ってやるか。

「……うーん。もしかしてこれかな」

俺はゴミ袋に手を入れ、木櫛を取り出した。

「何か随分埃をかぶっていたから、いらないのかと思ってさ。だって、テレビの裏にずっとあったんだよ。大事なものとは思えないだろ」

「酷い！」

「ごめんごめん」

「おばあちゃんが怒ってたんだからね！」

「だから、それ何の話なわけ？　怒ってるって何？」

「あたしが夜中に目を覚ましたら、おばあちゃんが枕元に座っていて、あなたの顔を睨んでたのよ！　だから、何で怒ってるのか分からないけど今日は櫛に線香でもあげて許してもらおうとしたの！　捨てたりなんかしたら、そりゃ怒るよ！」

「ごめんごめん」

俺は謝罪しながらも、釈然としなかった。

じゃなくて、ちゃんと整理整頓しろよ。

っていうか、おばあちゃんも俺だけじゃなくて怒るなら孫にも怒れよ。

何なんだよ。

呼び鈴

「何年前の話になるかなぁ。俺の叔父の家が不思議でさ」

三木さんはそう言って煙草を揉み消した。

「ドアに呼び鈴が二つあったんだ」


ある日、三木さんは自宅から車で三十分ほどの町で仕事の打ち合わせをした。その町は叔父の住む町でもある。叔父の家には高校生の頃まではよく遊びにいった。だが、叔父は連れ合いを亡くしてから塞ぎがちになり、それ以来親戚付き合いも疎遠になっていた。

指折り数えると、もう十年も会っていない。

三木さんは、せっかく近くに来たのだからと、叔父の家に顔を出すことに決めた。

久しぶりに訪ねた叔父の家は、見覚えのない黒い鋳物の門扉が取り付けられていた。門扉から中を窺うと、鉢植えの植物が置かれたテラスのようなスペースがあり、さらに一段上がって玄関ドアが見える。こちらは記憶の通りだった。

門扉を開けて中に入った。

家の壁は経年の汚れが少し目立ってはいるがまだ白く、ドアは対照的に黒。そのドアの左右に、何故かまったく同じ黒い呼び鈴が一つずつ設置されていた。プラスチックの黒いハウジングにベージュのボタン。ただ一方にはビニールテープが貼られており、ボタンが押せないようになっている。

反対側の呼び鈴を押そうとすると、背後から声を掛けられた。

「お、清志か。何だ。何かあったのか？　久しぶりだな」

叔父の声だった。振り返るとスーパーの袋を提げて叔父が微笑んでいた。思ったよりも元気そうで、十年前の記憶と余り変わっていなかった。

「来るなら来ると言ってくれれば良かったのに」

叔父はそう言うと、三木さんに家に上がるように促した。

叔父はコーヒーを淹れてもてなしてくれた。

挨拶の後で、三木さんは叔父に訊ねた。

「何でドアの横、あんなになってるんですか？」

「ああ、ピンポンが壊れちまってな。普通に交換すりゃ良かったんだが、何の手違いか、二つ付けられちまったんだ」

どうやら業者の手違いだったようだ。おおらかな性格の叔父は、別段気にせずそのまま使っているらしい。

「それで新しいのを付けてからなんだけど、あれに悪戯する奴がいるんだよ」

コーヒーを啜りながら、叔父は困ったような顔をした。

「それも結構迷惑な時間で、悪戯にしては悪質なんだ」

話によると、寝入りばなや寝ている間、明け方に呼び鈴が鳴る。

「一回鳴るだけなら、何か機械の調子が悪いのかとも思うけど、何度も鳴るんだ。俺が出るのを待っているっていうのかな。こう、ピンポーンって鳴らした後に、ちょっと待ってからまたピンポーンって鳴らすんだよ」

まぁ、眠いから出た試しはないし、警察にも相談しているけれども、何の解決にもならないねと、叔父は笑った。

三木さんは、叔父に最近の自分や家族の様子を話した。叔父は懐かしそうにその話を聞き、何度も「晃子が生きてたらなぁ」と繰り返した。晃子とは亡くなった叔母の名だ。

「また遊びに来てくれよ」

「はい。是非」

別れ際に三木さんが玄関で靴を履いていると、ピンポーンと、呼び鈴が鳴った。

「また悪戯かな」

叔父は言った。だが三木さんは二度目の呼び鈴を待たずにドアを開けた。

そこには誰もいなかった。

「やっぱり何か機械の具合が悪いんじゃないですかね」

業者に連絡を、と言おうとして叔父の顔を見ると、叔父の顔が真っ青になっていた。

「晃子だ」

叔父はそう呟いた。

「清志、今の見えたよな？」

震える唇で三木さんに訊ねた。首を振ると、

「そうか」

肩を落とした。一回り小さくなったように見えて、三木さんは哀れに感じた。

それから一カ月が経った。

ある朝、起き抜けにベッドで携帯のメールをチェックしていると、叔父からのメッセージが残されていた。

「晃子が迎えにきた。もっと早く出てやれば良かった」

その文面に頭を殴られたような衝撃を受けてベッドから跳び起きると、そのまま父親の部屋に走った。

「叔父さん死んじまうぞ」

大声を上げて父親を叩き起こした。父親の携帯にも同じ文面が届いていた。

三木さんの運転する車で、父親と二人で叔父の家に急いだ。


「でも間に合わなかった。それで叔父の死んだ日は、叔母の命日だったんだよ」

三木さんは煙草を咥えると、ライターで火を点けた。

「叔父の日記があってさ、何度も呼び鈴に出ようとしても、間に合わなかったらしい」

呼び鈴に起こされる度に玄関まで急ぎ、ドアを開ける。だがそこには誰もいない、というのを繰り返していたという。

「最後は玄関で寝起きしてたみたいだって警察から聞いたよ。それでさ、不思議なのは二つの呼び鈴なんだが……実は施工ミスでどっちも通電していなかったらしいんだわ」

三木さんはまだ長い煙草を揉み消して言った。

「俺は明け方の呼び鈴には出ないようにしてるよ」

遺骨

山田さんの親戚の男性が亡くなった。孤独死だった。彼は若い頃に罪を犯して前科持ちだったこともあり、一族の面汚しと詰られ、親戚中から評判が大変良くなかった。

山田さんは子供の頃にその男性によく遊んでもらったことを覚えていた。親戚もいるのに孤独死したのは不幸なことだと、仏心を起こして遺骨を引き取りに行った。

当然葬儀をあげても誰もこないのが目に見えていた。

親戚の間でも、そもそも葬儀など上げるなという意見もあった。

確かにわざわざ墓を買って納める、という義理もない。山田さんは悩んだ末に、男性のお骨を墓に入れていいかと親族に相談を持ちかけた。

しかし反応は散々なものだった。

「お寺に預けて永代供養をしてもらうなら、そのお金はあんたのところで出しなさいよ」

「あんたが引き取ったんだから、あんたが責任取りなさい。うちらには関係ないから」

「そんな骨なんか捨てちまえ」

「火葬にするのだってもったいない」

散々な物言いである。しかし、最後は親戚も、山田さん自身の家の墓に入れるのならば何も言わないということで合意した。

山田さんは両親が入っている墓に男性の骨壺を納めた。

しかし、確かに思い返せば両親も男性のことをろくでなしだと毛嫌いしていた。そのことが気懸かりだった。


骨壺を納めた翌日、霊園から電話が掛かってきた。

「お墓の御遺骨の一つが巻き散らかされてまして——」

霊園は悪戯かもしれないと言った。回収できる分は骨壺に戻し、骨壺も墓に戻したとの報告だった。

とんでもないこともあるものだと押っ取り刀で見にいくと、やはり男性の骨壺だった。

骨壺から骨が撒かれるというのは、それから何日か続いた。

最後は骨壺自体も粉々に割られ、お骨も広い範囲にばら撒かれ、回収不能となった。

「両親も許さなかったんですよ。結局骨はばら撒かれてしまいましたし。僕もきっとあの世で両親からこっぴどく怒られるんだと思うんです」

山田さんは憂鬱《ゆううつ》そうに言った。

真冬の蝶

「真冬にチョウチョって飛びますか？」

英子さんはそう言うと、幼稚園児の頃に体験した話をしてくれた。

彼女は当時、両親と祖母との四人で和歌山に住んでいた。

祖母の妹、英子さんにとって大叔母に当たる女性が大阪の天王寺のほうに嫁いでいた。

血縁的には大叔母ではあるが、英子さんは彼女のことをおばさんと呼んでいた。母がそう呼んでいたからだろう。

祖母に連れられて天王寺のおばさんの家まで遊びにいくこともあった。

おばさんには子供がいなかったので、遊びにいくと大変可愛がられた。英子さんはおばさんのことが好きだった。

しかしある年の冬におばさんの訃報が届いた。

家族で和歌山から葬式に出かけた。まだ還暦にも届かない歳だった。

葬式が済んで和歌山に帰る列車の中でのことである。

ボックス型の席には、英子さんと向かい合わせに祖母が座っていた。両親は通路を挟んだ隣のボックス席に座っている。車内にはほとんど人はいない。

季節は冬。外はもう真っ暗である。暗い中をごとんごとんと列車が揺れていく。

そのとき薄暗い車内を白い大きな蝶が飛んできた。蝶は英子さんの隣の席に止まった。

「あ、チョウチョだ」と視線を向けると、すぐ近くで泣き声が聞こえた。

祖母の横におばさんが座っていた。

まだ幼い英子さんには幽霊という概念はない。

あ、おばさんが座ってる。一緒に家まで行くのかなと思った。

祖母の隣に座ったおばさんは、すすり泣きながら言った。

「私も家に帰りたい」

「一緒に連れて帰って」

「家に帰りたいの。お願い」

その声に不安をかき立てられた英子さんが、正面の祖母を見ると、祖母は身振りで何も見えてない振りをしておきなさいと伝えてきた。

何でおばさんがこんなところにいるんだろう。さっきまでいなかったのに。

おばさんは祖母の隣に座ったまま、しきりに家に連れて帰ってくれと訴えた。

気が付くともう蝶はいなかった。

自宅の最寄り駅に列車が滑り込み、両親が席から立ち上がった。一緒に列車を降りようと、英子さんは祖母の手を取ろうとした。

そのとき祖母はにっこり笑って静かに言った。

「栄ちゃんは先に降りてなさい」

その言葉を受けて、振り返り振り返りしながら両親の背を追いかけた。

祖母は小さな声でおばさんに二言三言掛けていた。何と言ったかは分からない。

ホームから発車する列車の中を見たらもうおばさんはいなかった。

踏切

静岡でタクシーの運転手をしていた鼓《つづみ》さんの話。

鼓さんは子供の頃に線路脇の長屋で暮らしていた。彼の少年時代の遊び場は、家のすぐ近くの踏切を中心とした半径一キロ圏内だった。

その日も踏切の周囲で遊んでいた。日に何度も通る蒸気機関車が大好きだった。

友達と追いかけっこをしていると、遮断機が下りた。列車が来る。

普段ならば勢い良く駆け抜けて行く機関車が、きゅーっと金属を絞り上げるような音を立てて急停止した。

それと同時に、どこからともなく、「飛び込みだ！」という声が聞こえた。その声に惹かれるようにして、普段は誰も通らないような小さな踏切に、黒山の人だかりができた。

何だ何だ。鼓さんも野次馬根性でその様子を見にいくことにした。

しかし近付いていくと、子供は見ちゃいけないと怒られた。

飛び込み自殺だ。酷い状況のようだ。鼓さんは人垣の間から様子を覗き見た。

大人達が忙しなく行き来し、何かを探していた。

「おい、この下だ！　見つけたぞ！」

車輪の脇から、機関車の下に屈んで入り込んでいった男性が声を上げた。

「ほら！」

彼の手は中年男の生首を提げていた。

「ここに首あった！」

男性は、首を千切れた四肢と一緒にたらい桶に入れた。どの肉片も血で真っ赤だった。

鼓さんの膝はガクガク震えていた。

その夜は寝苦しくて深夜に小便に起きた。裸電球を点けて縁側を歩いていく。

共同便所は和式の汲み取り式である。便器の上に木製の蓋が嵌《は》めてある。

その上に昼間の、轢死《れきし》した男の首が置いてあった。

叫び声を上げ、尻餅をついた。立ち上がろうとしても立ち上がれない。腰を抜かして、小便も漏らしてしまっていた。

その後、昼夜問わず首が現れるようになった。縁側から茂みを見るとそこにいる。学校に行けば窓の外から覗き見ている。しかし鼓さんは誰にも相談できずに黙っていた。

次の冬には長屋を引き払い、二つ隣の街に引っ越すことになった。

以来、首が現れることはなくなったという。

地下空間

小島さんは配線担当の作業員である。あるとき東京駅の工事に駆り出され、地下の現場に配属された。

まだ電気の来ていない区域だ。工事を行う前にまずは配線をせねばならない。コンセントから長い延長コードを伸ばすようなイメージである。

「ここ、どこまであるんですかね」

「今、総武線地下一番ホーム作ってるでしょ。さらにそこから地下何階か分あるのは知ってるけどね、鉄道会社の人も全部は教えてくれないんだよね」

蟹歩きをしてすり抜けるような通路を何度も折れ、辿り着いた空間は、確かに電気が来ていなかった。

突然監督の携帯が鳴った。

「ごめんね。ちょっと呼び出されちゃったからさ、ここから奥の配線のこと考えておいて」

一人残された小島さんはヘッドライトと懐中電灯の明かりを頼りに通路を進んでいく。ぎりぎり肩幅。所々狭くなっている部分は横になって進む。しゃがむことはできない。

通路の奥に顔を向けると、ヘッドライトが届くか届かないかの所で、何かがもぞもぞと動いているのが見えた。

――猫か？

いや、猫にしては大きい。セメント袋のような大きさだ。もぞもぞと這っている。それが次第にこちらに近付いてくる。

ヘッドライトでそれが何か判別できる距離になった。その袋には顔があった。老人の顔だ。性別も判断できないしわくちゃの顔だ。それが匍匐《ほふく》前進で近付いてきているのだった。狭いので方向転換できず、そのまま後退《あとずさ》りする。気は急くが、とにかく狭い。速度が出ない。必死に戻ると、梯子のところに監督が戻ってきていた。

監督に今見たものを説明するが、「ありっこない」と否定された。

変人に思われたかなと自己嫌悪しながら監督の後を付いて梯子を登った。

地上まで戻ったところで監督が不意に言った。

「あ、さっきの〈変なもの見た〉って話、鉄道会社のほうには言っちゃダメだよ。あと他の人にも話さないでね」

そこでの工事が何のためのものかは、小島さんには最後までよく分からなかったという。

事故現場

尼崎に住む日向子さんは三人兄弟の真ん中である。上には兄、下には弟がいる。

ある夏の夜に、三人でドライブに出かけた。兄が運転手である。助手席には兄の荷物が置いてあったので、日向子さんは運転席の後ろに、弟の裕治さんは助手席の後ろに座った。

途中で踏切を渡った直後から裕治さんの様子がおかしくなった。身体を硬直させて、脂汗を掻いている。

弟の苦しそうな様子に日向子さんは、大丈夫かと声を掛けた。

裕治さんは俯いたまま声も出さずに何度も頷いた。

「お兄ちゃん、裕君が具合悪そうなんだけど……」

そう言いかけたところで、裕治さんが声を上げた。

「窓締めて！」

怒気を孕《はら》んだ鋭い声に、兄が慌てて窓を閉めた。

「裕君……あなたまた何か見えたの？」

裕治さんは激しく首を振った。

「後で言うから！　後で言うから今は話しかけないで！」

そのやり取りを聞いた兄がアクセルを踏み込んだ。座席に背中が沈む。

――何が見えているんだろう。

五分ほど走っただろうか。裕治さんの顔色が戻ってきた。

「さっき何があったの？」

「……幽霊」

走っている車の周りに沢山の幽霊が群がってきたのだと裕治さんは言った。

その幽霊は皆、身体の一部が欠けていた。腕のない者、足のない者、中には首のない者もいた。五体満足の者はいなかった。

怖くて下を向いて震えていたのだという。

次に顔を上げると、幽霊は車内に入ろうとしていた。

手のある人は手で窓を叩いていた。足がある人は車体によじ登っていた。

だから窓を締めてもらったのだと、裕治さんは言った。

そのまま家に戻り、三人はすぐに地図を広げ、その場所を探し出した。

そこは以前大きな鉄道事故の起きた場所だった。

誠意

その昔は、待ち合わせ場所と言えば喫茶店だった。
携帯電話がないので、ここ、と決めた場所で待ち合わせをするしかなかったのだ。
そんな時代の話。

朋彦さんは他社の営業マンとの待ち合わせ場所として、その喫茶店に入った。
何の変哲もない、純喫茶だった。
一杯コーヒーを頼み、待つ。
出てきたコーヒーを飲み干した辺りで、待ち合わせ時刻から五分のオーバーだった。
もう一杯頼もうか悩んでいる間に、一五分が過ぎた。
またコーヒーを頼み、待つ。
他の客達は、待ち人との合流を無事果たし次々と席を立って行った。
新たな客もまた、無事待ち合わせを成功させていく。
一時間が過ぎた。

公衆電話で先方の会社に連絡を入れると、朝一で外回りをしているはずとのことだった。

何だよ。約束はどうなった。

憮然としながら席に座り、ぬるくなったコーヒーに口を付けた。

――すみません。今日はもう行けません。

営業マンの声がした。

聞こえたのは、下からだった。

見ると、テーブルの下で件の営業マンが、体育座りをしていた。

――ほんと、すみません。

そう言い残して、営業マンは消えた。


公衆電話でもう一度、先方に連絡を入れた。

だが、約束を反故《ほご》にしたことに対する謝罪しか得られるものはなかった。

家に戻ると、夕方に折り返しの電話が来た。

営業マンは今日未明に移動中の電車内で脳卒中を起こしたとのことだった。

変わり身

ある時期、石村さんはキャバクラの呼び込みの仕事をしていた。

仕事を始める前に、店長から一つ呼び込みの際の注意を受けた。店に連れてきてはいけない客についてである。

「五十から六十絡みで小綺麗な紳士風なんだけど、こっちから声掛けても反応なくて、それでも店に来たそうな奴は、何か適当に理由を付けて追い返して」

石村さんには店長が何を言っているのかよく分からなかった。果たしてそんな奴がいるのだろうか。

呼び込みの仕事では、客を店に連れて行った人数によって給料に色が付いた。だから石村さんも、お金を持っていそうな男性になら誰にでも声を掛けることにしていた。

あるとき、一人の身なりの良い男性が商店街をふらふらと歩いていた。腕には有名ブランドの時計を嵌め、靴も綺麗に磨かれている。金の匂いがした。

積極的に話しかけてくる訳ではない。無表情なまま石村さんのほうを気にしている。

目が合った。

「お客さん、うちの店どうですか。いい娘いますよ」

声を掛けると、男性は無表情のまま近付いてきた。

「いいんですか？　案内しちゃいますよ？」

そう言っても無反応である。

石村さんは、ありがとうございます！　と声を上げると男性を店まで案内した。

「御新規一名様、入ります！」

案内役のスタッフに客を引き渡し、石村さんは客引きに戻ろうとした
(変なおっさんだったなぁ。あんなんで店に来て楽しいんかね)

ドアから出ようとした瞬間、店内から絶叫が聞こえた。

「どうしたんですか！」

振り返るとスタッフが皆腰を抜かしている。女の子の中には泣いている者もいる。

「石村！　最初にあれほど連れてくるなと言っただろ！」

店長が怒鳴り声を上げた。

「今の客だったんだよ！」

「ええっ」

「あの客、生きている人間じゃないんだよ！」

店長は憔悴《しょうすい》し切った顔で、あの男性は元々は常連の客だったのだと説明してくれた。

「生きているときには会社経営者だったから、羽振りがいいときは毎晩のように来てくれてたんだけどさ。バブル弾けたときに、ガソリン被って焼身自殺しちゃったんだよ」

「え。俺には生きてる人間に見えましたけど――」

「そうらしいな」

店長は話を続けた。

「幽霊って奴は勝手に移動できないんだってよ。だから客引きにくっついて入ってくるんだ。けど、あいつは入ってくると焼身自殺したときの姿になるんだよ。前のときもそれがあって、店に客が寄り付かなくなったんだよ」

お祓いとかしてもダメなんだよ。だからあれほど言ったんだ。

そう言って店長は頭を抱えた。

寮完備

カオリさんは現在、パチンコ屋でアルバイトをしている。

当初は、キャバクラ嬢になるべく故郷である熊本から出てきたのだそうだ。

〈寮完備　とにかく稼げます！〉

コンビニで立ち読みした雑誌の求人広告に惹かれた。

軽く出稼ぎでもして、小金を貯めようか。

善は急げと、数日で出稼ぎの準備を済ませ、東京に向かった。

目当ての駅に降り立ったその足で店に向かい、面接を済ませた。

「じゃあ、採用ね」

ボーイの運転する車で、カオリさんは早速寮に連れていかれた。

寮は小綺麗な四階建て賃貸マンションのワンフロアだった。

事前に聞いていていた通り、部屋には大型テレビと冷蔵庫、洗濯機、ソファと脚の短いテーブルも備え付けてある。

「うちは相部屋とかないから。まあせいぜい部屋を汚さないように。シフトはまた連絡するね」

ボーイはカオリさんに鍵を渡し、店に戻った。

シャワーを浴びた後、電気を消し、ベッドに潜り込んでからテレビを点けた。

旅の疲れからか、身体が重かった。

テレビからは、熊本では見たことのない深夜番組が流れていた。

空腹を感じ、鞄から菓子パンを取り出そうと、もう一度電気を点けた。

そして、テーブルの横に全裸の赤子を見つけた。

赤子はまだ一歳にも満たないくらいの小ささだった。

ハイハイの姿勢のまま微動だにしない。

首に力がなく、項垂《うなだ》れた顔が両腕に隠れている。

目に入るなり、〈違う〉と分かった。

寝巻き代わりのジャージ姿で部屋を飛び出し、ボーイの携帯に電話を掛けた。

「ああ。それでも住める？」

起きたことを話すと、そう質問された。

常連

「あい。いらっしゃい」

入ってきたのは常連の守山だった。

守山は挨拶もなくマスターの宮本を一瞥《いちべつ》して、席に座った。

性格的なものなのか、疲れているのか分からないが、守山はいつもそんな感じだ。

「何にします？　いつも通りまずはビールでいいですか？」

守山が入店するのは、常に今にも日付を変えそうな時間だ。

本人が言うには、〈仕事を終えた道すがらにふらっと寄る〉と丁度このくらいになるのだそうだ。確か結婚しているはずだが、守山から妻に関する話を聞いたことはない。

問いかけに守山が微かに頷く動作をしたことを受けて、宮本はジョッキのビールを差し出した。

守山の他は奥のボックス席に一組の物静かなカップルが座っているのみだ。ＢＧＭのハウス・ミュージックが店の中で一番の盛り上がりを見せている。

座ったきり項垂れたままの守山を見て、宮本は他の常連達が最近守山を日中のパチンコ屋でよく見かけると言っていたことを思い出した。

人それぞれ、いろいろ事情があるのだろう。

守山は目の前に置かれたジョッキに手を付けず、ただ押し黙ったままだ。

「すみませーん。おあいそでー」

奥のカップルの男性が両人差し指でバツのマークを出してそう声を上げた。

「はーい。ありがとうございまーす」

カウンターに背を向け、伝票を電卓で計算したのち、振り向いて金額をカップルに読み上げようとしたときに、守山の姿がないことに気が付いた。


「……守山さんもあんなことになるなんてねぇ」

「やめよやめよ。楽しい酒の場でする話じゃねえよ」

「夫婦で死にたくなるくらいの借金てどんなもんかね？」

「何考えてるか分かんない人だったもんね。あーんまり喋らないしさ」

首を吊って三日も経ったというのに、どうやってうちに来たんだろう。

好きなはずの酒に口も付けず、何のためにうちに来たんだろう。

宮本はカウンターで交わされる会話に交じることなく、ただ考えるばかりだった。

ママの悩み

そこはごくごく普通のスナックである。

ただし、常連の川島が来たときのみ、普通のスナックではなくなる。

「ああ、やっぱこのスナック〈いる〉じゃあ」

「うわぁ、やめでけろぉ。川島さん」

この店でそういうことを言うのは、川島だけだ。

女の子を悪戯に怖がらせて気を惹こうとする客もいないではないが、川島に関しては前例があるので、気を惹くどころか、逆に引かれてしまう。

「川島さん、マジだはんでホント嫌だじゃあ」

「そったごと言って前みたいに灰皿ぶっとんだりすれば、困るんだっきゃさ」

以前、川島が卓に着いた瞬間、テーブルに置いた灰皿が上方に高く飛び上がったことがあった。

「うん……まあそうそう灰皿が飛ぶごともねえべ……お」

川島が女の子を安心させようと笑いながら話す間に、天井からポタポタと水滴が垂れ、テーブルが飲み物を零したかのように濡れた。

皆で上を見上げるも、あるのはただの乾いた天井。

「川島さん、勘弁して……」

川島を出禁にすべきかどうかだけが、ママの悩みだ。

富士北口駅前店

既に閉店している店舗の従業員からの話である。時効だということで教えてもらった。

その居酒屋チェーンの店舗では、当時店長と従業員ごく少数しか働いていない日もあった。仕事がキツ過ぎて従業員がその店にいつかないのだ。

その店で働いた従業員の間では、店内に幽霊がいることが知られていた。

幽霊は「ドリンカーの斎藤さん」と呼ばれている。

斎藤さんは週末の宴会時間などの忙しいときに限って現れる。

宴会が複数入ると、ドリンクを用意する店員は、当然目の回るような忙しさになる。

「こっち生二つ追加で！」「こっちウーロンハイ一つ！」

伝票でオーダーが入るよりも先に、客に対して復唱する店員の声に反応してグラスを並べてドリンクを準備するのだ。

遠くのほうから「生一丁～！」と復唱する女性店員の声が響いた。

「へい了解！」

しかし、待てど暮らせど伝票が来ない。用意したビールの泡はどんどん消えていく。

「誰だこれ持っていってないのは！」

確認しても、誰も受注していない。声は全ての店員が聞いているにも拘わらず、だ。

夜中の二時を回り、お客さんが捌けた後に座敷から女性の声が聞こえることもある。

「スイマセーン」

「少々お待ち下さい～」

既に座敷の電灯は落としてある。カウンターに客はいるが、全員男性である。

とにかく斎藤さんは仕事の邪魔をする。お客さんの振りをし、店員の振りをする。時には制服を着て姿を見せるときもある。

またその店では、触れて開くような自動ドアも無人のまま開くことも多かった。

バイトも慣れたものである。

「見えないお客さん一名御来店ですー」

当時、そのチェーンの静岡県内のとある駅の南口駅前店にも悪どい何かが出ており、バイトは皆一緒に帰ることが常態化していたという。

「あのチェーン、家賃安いところとばっかり契約していたからねぇ。何があってもおかしくないですよ」

彼女はそう言って、まぁ二十年前のことですけどね、と笑った。

チューボーですよ！

川田は銀座で七年ほど料理人の修行をしていた。

一度だけ、こんなことがあったという。

閉店後、一人で翌日に来る団体客のために仕込みをしていた。

複数名で仕込みをしたら当日でも十分に間に合うのだが、新人にあれこれ指示を出しながら調理をするより、自分のペースでやるほうが楽だ。

こういうときは、仕込みを終わらせ小上がりで横になると、疲労感と充実感からか家の布団よりよく眠れるのだ。

その日も、つつがなく仕込みが終わった。

それぞれ具材が入ったボウルを冷蔵庫に入れ、厨房の電気を消す。

サーバーから生ビールを一杯拝借して、小上がりに移った。

——ガシャーン！

厨房で物音がした。

金物の調理器具が落ちた音だ。

――ガシャーン！

少し間を置いて、もう一度同じ音。

地震の揺れは感じない、鼠が器具の間を闊歩《かっぽ》している姿を想像する。

――ガシャーン！

暖簾をくぐり厨房に入ると、消灯後の暗がり中、一人の女がステンレスの調理台を両手で叩いていた。

――ガシャーン！

厨房にあるモノが、彼女が起こす振動で音を出して揺れていた。

侵入者に怒声を発するべきか、それとも女性であることを考慮して〈どうしたんですか？〉と落ち着いた問いかけを投げかけるべきか悩んでいる間に、女は厨房の闇に溶けた。

厨房の電灯を点けても、その姿が再び現れることはなかった。

へたくそ

調理師に成り立ての頃のこと。
当時、勤務先の洋食レストランでの仕事が終わって、帰り着くのは夜中だった。
早く仕事を覚えるにはただひたすら練習するしかない。
寝る前にキッチンでオムレツの練習をするのが日課だった。
フライパンに布巾を載せ、柄を握った手の上を軽く拳で叩いて布巾をひっくり返す。
それを何度も繰り返している最中、背中に視線を感じた。
振り向いても誰もいない。
だがコンロのほうへ向き直ると、やはりこちらを見ている気配がある。
手にしたフライパンを振り上げ、入っていた布巾を勢いよく後ろへ放った。
——ぺしゃり。
布巾は空中で見えない何かに張り付き、ポトッと下に落ちた。
思わず布巾が当たったであろう辺りに向けてフライパンをめちゃくちゃに振り回す。
「へたくそ」

男の声がした。

「上手くなるために練習してんのよっ！　下手で当たり前でしょ！」

カッとなって怒鳴りつけた。

怖いと思うよりも、ただ酷く腹が立った。

翌日、帰宅してからまたフライパンを振る練習をしていたとき。

再び背中に視線を感じた。

アイツだ。

黙ってコンロの火を点ける。

そうしてアツアツに熱したフライパンを、振り向きざまそいつがいるはずの空間へ振り下ろした。

「あっ！」

短い悲鳴。やったかっ！

「……へたくそ！」

ややあって、少し悔しそうな声がした。

ムカつく！

次は何をしてやろう。半ば意地になった。

そしてその翌日、キッチンで練習していると、案の定また背後からあの視線。

再びコンロのスイッチを入れる。

今度は油を引いた。熱気が上がっていく。

それで殴る、と見せかけておいて、傍らに置いてあった岩塩を投げ付けた。

「へた……っ」

最後まで言い終わることなく、声は途絶えた。

「おっしゃー！　ざまあみろ！」

勝利の雄叫びを上げた。

うるさいと大家に叱られるおまけが付いたのは、ちょっと納得がいかない。

画材店

雅美さんは趣味で水彩画を描いている。

友人から誕生日のプレゼントで絵の具と筆を貰ったことがきっかけだった。

空いた時間で部屋にあるものを描きだしたところ、思いの外上手に仕上がり、味を占めたのだ。

しかし、一カ月ほど毎夜何かしらを描いていたところ、絵の具は十分にあるのだが、筆がダメになってきた。


近所にある画材店に初めて足を運んだ。

こぢんまりとした店内には眼鏡を掛けたおじさんが一人、レジに座っていた。

陳列棚をきょろきょろ見渡して、筆のコーナーに向かった。

様々な太さの筆が、ペン立てのようなものに入れられている。

具合がよさそうなのはこれかな、とそのうちの一本を手に取ったとき、自分の後ろに誰かいることに気が付いた。

（いつの間にかお客さんが入ってきてたのね）
斜め下に顔を向けると、靴、足、スカートまでが目に入った。
（あ、もしかしたら私が邪魔で欲しいものが見えないのかも）
雅美さんは気を利かせ、目当ての筆を持ってパッと横に避けた。
「すみません」
一応、声を出して棚を譲る合図を出した。
改めて見ると、いる、と思った場所には誰もいなかった。
以来、この店に来店する度に同じことが起こる。
それは現在も続いている。

口紅

文也さんの知り合いに、以前舞台女優をしていた人がいる。

「昔ね、あたし、物がなくなる劇場に出演したことがあるわ」

なくなると言っても金目のものではない。ライターや仕事に使う写真、筆記用具などの小物ばかりがなくなるのだ。そして何かの拍子に見つかる。

関係者は皆、小さな男の子が悪戯しているのだと言っていた。

ある日、彼女が楽屋に戻ると、まだ小学校にも上がっていないような歳の男の子が、自分の化粧ポーチに手を突っ込んで中を漁っていた。

「悪さしちゃダメでしょ！」

頭ごなしに怒鳴りつけると、男の子はビクッと身を縮め、口紅を握りしめたまま消えた。

最後にからんと口紅が落ちた。

「その後、その劇場には別の男の子も出るようになっちゃってね。二人揃って悪戯するからどんどんエスカレートして、最後は鏡割られたりして大変だったのよ」

その劇場は今もある。

アンコール

工藤さんは二十代の頃、真剣に音楽に打ち込んでいた。定期的に都内のライブハウスに出演し、人気もそこそこあったらしい。

ある夜、ライブの打ち合わせで、工藤さんはアンコールをソロでやりたいと言った。

「もしアンコールが来たら一曲ソロでバラード系のものをやりたいんだよ」

その発言には仲間も賛同した。

会場に着いて、自分のアコースティックギターを忘れてきたと気付いた。ライブ会場にそのまま置いてあると思い込んでいたのだ。

このままでは打ち合わせでソロをやりたいと言った以上、仲間に迷惑を掛けてしまう。

——しまったなぁ。

忘れたことを隠しておける訳でもないので正直に言うと、仲間には呆れられた。

「アコギなんて持ってねぇぞ。お前どうすんだよ」

「工藤さぁ、それもう今からじゃ仕方ないからエレキで普通にやればいいじゃんか」

「そうだなぁ。そうすっかぁ。本当に面目ない」

一通り演奏を終え、ステージから楽屋に戻ると、ライブハウスの店長が顔を出した。

「アコースティックギターならそこに一本ありましたよ」

店長の手には使い込まれた古いギターが一本握られていた。

渡りに舟である。会場からはアンコールの声が聞こえてくる。その古いギターを掴んで工藤さんは舞台に上がった。丸椅子に腰掛けて足を組んだ。

スタンバイオーケー。スポットライトが頭上から照らす。

先ほどまで熱狂していた観客が静まりかえった。誰も一言も声を上げない。

工藤さんはアコースティックギターの音色に合わせてしみじみと歌い始めた。

しかし、曲の途中から観客の様子がおかしいことに気付いた。お互いに顔を見合わせながらひそひそ声で何かを言い合っている。中には口を押さえてじっとこちらを見ている女性の観客もいた。

曲が終盤を迎えた。そのとき、最前列の女性グループが絹を裂くような悲鳴を上げた。

だがそれで演奏をやめる訳にはいかない。弾き切ってステージを降りた。

ライブの後、ライブハウス内のラウンジで歓談していると、ファンの女の子達が〈最後の曲凄かったですね〉と声を掛けてきた。

「凄かった？　俺、そんな良かった？」

工藤が自分の歌のことだと合点して問い返すと、女の子達は首を振った。

「ギターの中に顔がありましたよね？　あれって何か仕掛けがしてあるんですか？」

「何だよ顔って」

「ギターの穴があるじゃないですか。あそこから女の人の顔がぎょろっと覗いたんです」

「あそこに顔がいる。あそこに顔がいるってみんな言ってたんですよ！」

――そうか、それでみんな様子がおかしかったのか。

「あのギターは御自身でお持ちのものなんですか？」

「いや、ここで借りたんだけどさ――」


楽屋に戻り、店長に今聞いた話を伝えた。

「あのギター、どこの誰の物なんすか？」

「いやぁ、あのギターね。誰のものか分からないんですよ」

「あれ、あのギター、そこに置いたんですけど、あれ？　誰か持っていったかぁ？」

店長が置いたという場所にはギターはなかった。

その後、スタッフ総出で探したにも拘わらず、そのギターは出てこなかったという。

映画館

有希さんが彼氏と映画館に入ったときのことである。

通路に面した席に並んで座り、ポップコーンを頬張りながら本編を見ていると、隣の席の彼氏が頭を上下に動かしている。

どうやら通路を挟んで自分の前の席に座っている人のことが気になっているようだ。

この暗い中で何をしているのだろうかと、視線を追うと、前の席に後ろ向きに座り、彼氏の顔をじっと見ながらにやにやしている女性がいた。

女性は派手な顔をした美人だったが、映画の本編の上映の真っ最中に、スクリーンを背にして背もたれに顔を乗せているということになる。

「あれさ、おかしくない？」

彼氏が小声で話しかけてきた。確かに異様だ。何でこっちを向いているのだろう。

そう言うと、彼氏は小声で続けた。

「それもそうなんだけど、そもそもあれ、男だよね」

——え？　どう見ても女の顔でしょ？

「あれさ、お面みたいに男の後頭部に女の顔が付いているってことだよな」

目が慣れてくると、女の表情が判断できるようになった。唇が紅を差したように濡れている。彼氏のことをいやらしい目で見ている。上気している。発情している。

不愉快だった。あたしの彼をなんて目で見るのよ。いやらしい。有希さんは敵意剥き出しの顔で女を睨み付けた。


映画が終わった。ストーリーはまるで頭に入らなかった。

席を立ち、彼氏を急かした。劇場から早く出たかった。女のいた席にちらりと視線を送ると、大柄な男性が立ち上がって反対側の出口に向かうところだった。後頭部に女の顔はなかった。

有希さんは、そのまま彼氏の車で家まで送ってもらった。

「それじゃ、また明日」

そう言って走り出した彼氏の車を見送るときに、身体に電流が走った。

後部座席に女が乗っていた。間違いない。あの女だ。

胸騒ぎがした。すぐに携帯に電話を掛けたが、映画館でマナーモードにしたままだったのだろう。彼氏は電話に出なかった。

その後もずっと連絡が取れなくなってしまった。

有希さんは合鍵を貰っていたので、彼氏の家を訪れた。

しかし先日のデートの当日からずっと戻っていない様子だった。部屋で待っていても帰ってこなかった。

今も彼氏は帰ってこない。

ヒジキとラッキョウ

　菅野君は中学生の頃、同級生と連れ立ってある廃墟に忍び込んだ。菅野君を含む男子三名と、純子さんという女子一名の構成である。

　しかし廃墟では特に恐ろしい出来事も起きなかった。拍子抜けして帰ったが、翌日から菅野君と純子さんにだけ異変が起きた。

「純子がさ、学校にラッキョウをタッパーに山盛り入れてきてさ、休み時間とかにそればりぼり食ってんの。ほら、独特な臭いでしょ。あいつおかしくなったって話になってさ」

　廃墟に行った翌朝から、純子さんはラッキョウが主食になった。昼休みにはパンにラッキョウを合わせてぼりぼり食べている。

「でも俺は俺でさ、ずっとヒジキばっか食ってた訳よ。そうあの黒いヒジキね」

　菅野君はヒジキを煮たものを朝から晩まで食べるようになった。他のものは一切口にしない。それ以外のものが食べ物に見えない。家での食事も弁当もヒジキ一色である。

　それは丁度一週間続いた。その後で二人とも憑き物が落ちたようにラッキョウもヒジキも口にしなくなった。二人はその後夫婦になるのだが、それはまた別の話。

植え込み

大和田さんは晴れた日には、通勤の行き帰りに河川沿いの堤防の上の道を利用している。

残業で遅くなってしまったある夜、とぼとぼとその道を帰っていた。

暗くなった道を歩いていると、進路を阻むように丸い影が現れた。剪定《せんてい》された植え込みに見える。だが一本だけぽつりと生えているのだ。

――何でこんなところに道を塞ぐようにして木が生えているんだろう。

確か今朝会社に行く途中にこんなものはなかった。夜までの間にそんな工事をしたのだろうか。車止めにしたってここだけに生えているのは変だろう。

ジロジロと観察していると、その植物にはちりちりになった藻のような細い葉が生えているのが分かった。色は真っ黒だ。

――いや、これは植物ではないのではなかろうか。

そう考えて裏側にぐるりと回り込むと、木には巨大な顔が付いていた。

「あ?」

いかつい中年男の顔が大和田さんを睨んだ。口ひげが生えていた。往年のボクシング選手を思わせる表情をしていた。

「何ジロジロ見てんだよ」

巨大なアフロ頭の男が地面に埋まっている。

「あ、何でもありません。すいません。失礼します！」

謝って足早にその場を立ち去った。

翌日にはもうアフロ頭はなかったという。

禿坊主

小湊さんのお父さんは、それは見事な禿頭なのだという。

彼女が小学校に上がる前からずっとつるんとした頭をしているので、彼女は父親に髪の毛がある姿を見たことがない。

あるとき、実家の整理をしていると古いアルバムが見つかった。表紙に書かれた年代を見ると、小湊さんが生まれる直前の頃だ。両親の若い姿を楽しみに、わくわくしながらページを開いた。すると若い母が髪の毛がフサフサな男性と一緒に微笑んでいた。これは見てはいけないものを見てしまったのかと思ったが、よく見るとその男性は若い父であった。

――髪の毛がある。

違和感を禁じ得ない。記憶にある限り、父の頭はずっと不毛地帯だったからだ。

「このアルバムのお父さん、髪あるよ」

アルバムを見せると、父親は懐かしいなと言いながら、思い出話をしてくれた。

「ある日髪を短くしようとして、床屋に行ったんだ」

バリカンで五分刈りにしてもらった。しかし家に戻ると後頭部の髪が切れていないように思えた。手で触ると後頭部だけがもっさりと繁っている。

床屋に行き、これはどういうことかと文句を言った。しかし、床屋も首を傾げた。

「最初に後ろのところにバリカン入れましたよね」

言われてみればその記憶はある。鏡で後頭部を確認したではないか。

そうなるとこの頭は何だ。

店主はもう一度やりますか、とバリカンを取り出し、再度父の頭を刈った。

再度家に戻ると今度は後頭部だけでなく頭の方々に刈り残しがある。何とも不格好だ
「そこで、お母さんに頼んで、家で髪を切ることにしたんだ」

だが、母が何度切っても、すぐに髪が伸びてきてしまう。

「一度全部剃ってみれば？」という言う母の言葉に従ってみるとこにした。

風呂場で髪の毛を落とす。最後は二枚刃の安全カミソリで丁寧にそり残しを当たった。

すると、やっと髪が伸びるのが止まった。

「そうしたらさ、今度はそれ以降ずっと髪が伸びなくなってしまってなぁ」

——お父さんのは禿げじゃなくて、坊主頭なんだよ。

そう言うと、父はつやつや光る頭をピシャリと叩いて笑ったという。

毛抜き

日野さんの同期の中山さんの悩みは髪の毛が心許なくなってきたことだった。

まだ二十代の後半にもかかわらず、貫禄のある額の上がりっぷりである。

枕元には毎朝数十本という単位で抜けた髪が散らばっているらしい。遺伝ではないかと問うと、先祖は代々フサフサだという。

週末二人は飲みに出かけた。終電も過ぎ、日野さんの家で休むことにした。

日野さんも中山さんも雑魚寝である。二人とも酒のせいもあってすぐに寝てしまった。

どれだけ経っただろうか。日野さんは尿意を催して目が覚めた。トイレに行こうとすると、中山さんの枕元に人の形をした何かがいる。それがちょこちょこ動いている。

じっと見ていると、目が慣れた。小さな中年男性である。男性のおでこは頭頂近くまで禿げ上がっている。中年小人は、中山さんの髪の毛を引っ張って一本一本抜いている。

怒鳴り声を上げると、その声に反応して小人はスッと消えてしまった。

中山さんを叩き起こし、今見たものを伝えた。

その後中山さんはお祓いなどにも行ったらしいが、今ではスキンヘッドにしている。

トレーニングマン

夜中、部屋の電気を消して寝ていると、武道の呼吸を練習するような、腹からフッフッと短く息を吐くような音が聞こえてきた。

気になって耳を澄ますと、どうやら天井裏から響いている。二階建てアパートの二階である。それより上の階はない。隣の部屋の音が響いているのだろうか。

結局一晩中その音は聞こえ続けた。

翌日も寝ていると音が聞こえ始めた。

寝られない。そこで音の出元を確認しようと、天袋から天井裏を覗き込んだ。

懐中電灯の光を当てると、丸い光の中で何かが蠢《うごめ》いている。

いい体つきの三十センチほどの小さなおっさんが腹筋をしていた。

おっさんは全裸だ。

彼の頭は天辺が薄くなっており、頼りない中年男といった風貌である。

しかしそれに反していい体格をしている。恐らく体脂肪率は一桁台だろう。

キレがある。華がある。デカい。ナイスバルク。

見惚れてしまっていたが、唐突に我に返った。

「うわぁ！」

声を上げるとおっさんも目を丸くした。

彼は一瞬後に、きゅっと引き締まった尻を見せつけるようにして天井裏の奥へと走っていった。

それ以降音は聞こえなくなったという。

西武新宿

西武新宿駅の周辺には歌舞伎町をはじめとして、多くの飲み屋が集まっている。

その年の年末も、火の用心の自警団が地域を見回ることになった。人目の届かないビルの隙間に人が倒れていないか、煙草の不始末で失火していないか等を警戒するためだ。

夜中、雑居ビルの隙間にある、路地とも言えない細い隙間を念入りに見て回る。

小松さんも自警団の一角を担っていた。

「違法なヤクをやってトリップしちゃっている奴らもいるしね。注射針とかも落ちていたら通報しなくちゃいけないし」

物騒な地域なので、最悪拳銃を向けられることも覚悟しなくてはいけない。

見回りは三人のチームで行うという。一人では危なくて見回ることはできないのだ。

ある夜。もう日付が変わる頃だった。小松さんが見回っていると、ある雑居ビルの谷間が気になった。オーナーが杜撰《ずさん》なのだろう。畳まれた段ボールが立てかけてある。火を点けられたら一巻の終わりだ。

耳を澄ますと、奥からちょろちょろと水の流れる音が耳に届いた。アンモニアの臭いも漂ってくる。この狭い隙間は、日常的に立ち小便をするために使われているのだろう。

今まさに誰かが奥にいるらしい。小松さんは声を掛けることにした。

「奥の人！　何やってんの！　ちょっとこちらから行きますからね」

そうは言っても足下の段ボールなどのゴミに阻まれて、なかなか奥に辿り着けない。

苦労して奥まで辿り着くと、どん詰まりにこちらに背中を向けたままの男が立っていた。

足下がしとどに濡れている。相変わらずの水の音。明らかに放尿している。

「ここ、立ち小便禁止ですよ。ちょっとこっち向いて！」

男はくるりと振り返った。下半身は丸出しで、あまつさえ激しく放尿している。

放尿したままじりじりと近付いてくる。

「おい、やめろ！」

飛沫が掛かりそうになった小松さんは、後退ろうとした。しかし残りの二人がすぐ背後まで迫っていたため、バランスを崩して転倒した。

その顔めがけて生ぬるい尿が滝のように浴びせられた。小松さんはもがいた。

「止まんねぇ……止まんねぇんだよぉ……おしっこ止まんねぇんだよぉ」

その言葉を残し、身体は溶けるように消えた。尿は最後の最後まで放たれていた。

〈何か〉

三村は夕食後に町内一周、約二キロメートルほどをジョギングをするのが日課だった。

どんなに仕事が遅くても、必ず家に戻ってから夕食を自炊で摂るようにしていたので、時には今にも日付を変えそうな時刻にジョギングを開始することもある。

「遅い時間に走ってると〈何か〉とすれ違うんですよ」

すれ違う場所は決まって、家を出て西方向に向いて走ったのちのT字路だった。

角を曲がった瞬間に真横を〈何か〉が自分の横を通り過ぎ、振り返るが何もない。

光の反射の具合か、或いは不意に視界に入りやすい看板の類があるのかと辺りを精査したが、それらしきモノはなかった。

真夜中に走るのは遅くまで仕事をした日なので、疲れて鈍った五感が造った〈何か〉かもしれない。

実体がない〈何か〉なのだから、真っ先にそれを疑うのが筋だ。

「でも、絶対に〈何か〉いるっていう気がしてたんですよ」

ある日、三村は携帯電話を片手に深夜のジョギングをスタートした。

そして件の角を曲がり、まさに〈何か〉とすれ違った瞬間に振り向いて携帯カメラのシャッターを押した。

撮影後立ち止まり、映ったものを確認する。

映っていたのは、携帯を構える自分の姿だった。

まず、ああ自撮りモードだったか、と思った。

しかし、夜分にこちらに向いたフラッシュの眩しさを感じないはずがない。

そもそも自撮りモードで、自分が携帯を持って構える姿が映るはずがない。

では、何か。

「もう一人の自分とすれ違っていたのかな？　とかも考えたんですが、もうどうでもいいです。分かりっこないから」

ひところ昔のワケありそっち系女

近所にある川沿いの空き家は、ほんの数十年前までは連れ込み宿だった。
「ああ。松ぼっくり」
四歳の息子がそう言って、その空き家を指差した。
田野は、どれどれ、と子供の目線を追う。
すると、両目瞼が大きく腫れた女が、空き家の前に立っていた。
腫れ物にびっしりと付いた大量の瘡蓋《かさぶた》が確かに松ぼっくりのようだった。
女はケバケバしい色合いの着物を着て、キセルを吹かしていた。
「松ぼっくり、松ぼっくり」
息子は何を勘違いをしているのか、女の風貌を喜んでいる。
手を強く引くと息子は名残惜しそうに歩を進めた。
空き家から離れたところで、息子は一度振り返り、
——あ。消えた。
と言った。

突然、のごとく

ジロジロ見ては失礼だ。

帯川は目を伏せた。

前方から歩いてくる老婆の顔は火傷の痕か、皮膚炎か、痣《あざ》か、とにかく青とも黒とも付かない色みを持ち、爛《ただ》れていた。

夏の熱気が天地から湧く真夏の白昼の中、ゆっくりと歩む老婆にはどこか悲壮の感がある。あの容姿では様々、生き辛いだろうに。

丁度、歩道上を老婆とすれ違おうかという距離に差し掛かった。

そのとき、老婆が何かを歩道横の緑地に投げた。

すると、瞬く間にそこから大きな炎が上がった。

烈火が帯川を包み込む。

しかし、火の熱さはない。

ほぼ一瞬で視界を覆った炎は消えた。

辺りを見渡すも、老婆の姿はなかった。

女たち

道すがらのことだった。
前から歩いてきた女が、私の目の前ではたと立ち止まり、女の顔の真横まで上げた右手を小さく上下に動かした。
おいで
おいで
女は目を見開き、私の後方に向かって手招いていた。
振り返ると、私の後ろには、またその女がいた。
後ろの女も私の後方に向けて、まったく同じ動きで手招きをしていた。
おいで
おいで
自分の何かが持っていかれそうな気がして、走って逃げた。

ひょっとこ

ある女子校の修学旅行での話である。

バスでの移動中、トイレ休憩のためにサービスエリアに停車した。

裕子さんはトイレの列に並んだ。

自分の順番になったので、空いた個室に入った。

便座に腰掛けて用を足そうとすると、突然お尻に水が当たった。ウォシュレットの誤動作だろうかと飛び上がって便座を確認したが、ウォシュレットはそもそも付いていない。

便器の中に、ひょっとこのように口をすぼめ、その先からちょろちょろと水を吹き上げる中年男性が、こちらを見てにやにやしていた。

悲鳴を上げて個室から飛び出した。泣きながら同級生に体験したことを伝えたが、そんなものはいるはずはないと笑われたという。

乗換っ子

山谷が営業得意先を車で回っていたときのことである。

赤信号に掛かり停車すると、前の車のリアガラス越しにこちらへ顔を向ける小さな女の子の姿が目に入った。

山谷と目が合うと、女の子は無垢な微笑みとともに小さな手を振った。

これは可愛らしい。こちらも愛想良くするか、と山谷はバックミラーから吊り下げた招き猫のヌイグルミを突いて揺らした。

女の子は相手をしてもらって気をよくしたのか、拍手をしながら大きく口を開けて笑顔を作った。これも小さな親切か。山谷も思わず笑みを零した。

信号がそろそろ青に変わろうか、というときに山谷は揺れる招き猫に手を添え、その動きを止めようとした。

「あれ」思わず声が漏れた。

後部座席で後ろを向いて膝立ちする女の子の姿がバックミラーに映っている。

後続車が鳴らす短いクラクションが、信号が青に変わったことを伝えた。

事故処理

久留米が助手席に彼女を乗せ、郊外のショッピングモールに向けて車を運転していたときのことである。

国道バイパスに抜け暫くした頃、久留米は前方の歩道を歩く一人の女性に目を惹かれた。女性はナース服を着ていた。恐らく看護士なのであろう。

近くに病院なんてあったかな、と久留米は少し考えたが、それ以上に気にすることはなかった。

その数十秒後、二人が乗った車は歩道の縁石を乗り越え、電柱に衝突していた。

原因は、彼女が急にハンドルを奪い、歩道上の看護士に車を向けたからだった。

ブレーキを踏む間もなかった。

久留米に怪我はなかったが、彼女は強く頭を打ち昏倒していた。

救急車が彼女を病院に搬送し、久留米は事故について警察から事情を訊かれた。

事故後、久留米が単身周囲を見渡してもナース服の女の姿は見当たらなかった。

久留米は警察に女のことを話さなかった。

自分を襲うバンパーが迫る中で、女は笑っていた。

何かを撥ねた衝撃はなかった。

数日後、彼女の無事を電話で知った。

「うちの娘が御迷惑お掛けしました」

受話器から聞こえる謝罪の言葉は重々しく、暗いものだった。

彼女の運転妨害が百パーセントの原因ということで、久留米が罪を負うことはなかった。

事故以降、彼女からの連絡が一切途絶え、今に至る。

常駐型

「ほら、いたっ！」

タクシーの運転手は早口でそう言って、舌打ちをした。アクセルが強く踏まれ、前方のガードレールの前に立って片手を上げる女の姿が、ぐんと近付く。

海沿いの道だった。ずぶ濡れの女の着衣には、沢山の海藻が絡みついている。

思わず目で追ったため、丁度真横で窓の外の女と目が合う。

ああ、凄い目で睨んでいる……。

さらにリアガラス越しにその姿を追うと、まだ手を上げている。

「いっつもっ！　いつもいるの！　ここいらでは有名なんすよっ！　いっつもだよ！」

未だアクセルは強く踏まれたままだ。下を向いて、事故が起きないことを願う。

「まただ！　また前にいるよ、あの女！　ほらっ！　さっきと同じ格好で！　いっつも！いっつもだよ！」

早口でまくしたてられる運転手のぼやきを聞きながら、私はただただ下を向くことに専念した。

陸橋リピーター

その日、弓木さんが仕事を終えたのは夕方四時頃だった。

千葉県内で仕事を終え、国道４６６号を千葉ニュータウン方面に向かって車を走らせる。

普段ならそこそこ交通量のある道路なのだが、この日は自分以外に一台も見かけない。

「こういう日もあるんだな。っていうか、空いててありがたい」

信号にも引っ掛からず、すいすいと飛ばしていくうち、ある陸橋に差し掛かった。

陸橋の上に作業服の男がいた。欄干から身を乗り出し前のめりになっている。

ヘルメットもなく工具も持たず、陸橋の下を確かめようとしている様子だが、如何にもつるっと行きそうで気に懸かる。

「こんな時間まで作業かあ。安全帯付けてんだろうけど、ありゃあ危ないなあ」

弓木さんの車が陸橋に近付いていくと、案の定というか不安的中というか、男の身体はバランスを大きく崩して欄干を越えた。

——落ちた！

「うおっ！」

——キキキキキキキィィッ！

慌てて急ブレーキを踏む

間に合ったか？　間に合ったよね？

恐る恐る窓から顔を出し、男が落ちた辺りを確かめる。が、人の姿はない。

「……あれ？　落ちたよな？　確か落ちたはずだよな？」

いや、確かに頭から転落したはずだ。もしかしたら人形とか人以外の何かを人と見間違えたんだろうか。だとしても、道路に何も落ちてないっていうのはどういうことか。

もう一度陸橋を見上げると、今し方落ちたはずの男が先ほどと寸分変わらない姿勢で欄干から身を乗り出しているのが見えた。

「良かった……じゃあやっぱり見間違いだ」

安心した弓木さんは、アクセルを踏んで陸橋の下を通過しようとした。

が、その瞬間、再び男が落ちた。頭からつるりと落ちてくる。

「えっ！　あっ！　あぶっ、あぶっ！」

今度は間違いなかった！

車が陸橋の真下を通過する瞬間、頭から落ちていく男の姿がバックミラーに映った。

だが、男は地面にぶつかる寸前に消えてしまった。

ミキサー車

山梨県で砕石などを運ぶダンプの運転手をやっている山下さんから聞いた話である。

ある日、石切場から土砂を運ぶ話を受けた。丁度その日は他の仕事が空いてしまっていたので、急遽依頼を受けた現場に行き、説明を受けて何往復かした。

次の往復で仕事を上がれるなというときに、一台のミキサー車が前を走っていた。もうすぐ日も暮れようという時間帯である。

ゆっくりと車間距離を開けながら未舗装の砂利道を走っていた。

舗装道に出るところで前のミキサー車が停まった。

回っているドラムの後部上方、漏斗の口のようになっているホッパーに向かってステップを人がよじ登っていく。

作業員だろうか。

人影はステップを上り詰めた。両手を手すりから離し、ふらふらとしている。

――危ねぇぞ！

人影はホッパーに飛び込んだ。

唖然としていると、再び作業員らしき人影が現れた。しかも一人ではない。飛び込んだ者に続けとばかり、ミキサー車の外装をよじ登り、競うようにホッパーの口から飛び込んでいく。

数えると五人。いやまた一人飛び込んだ。これで六人。背中を嫌な汗が流れた。

人影が次々と消えていく。山下さんは吐き気を覚えた。

クラクションを鳴らし、右手を窓から出して前のミキサー車に合図を送った。

その合図を〈早く行け〉だと勘違いした運転手は、アクセルを踏み込んだ。

エンジンが唸り声を上げてミキサー車が急発進した。

県道に出ても、どこからともなく現れた人影が、ホッパーに飛び込んでいく。その頃に
は山下さんも、その人影が生きている人ではないと理解していた。

中央線にはオレンジのラインが描かれている。追い越し禁止だ。

追い越すことができない。やきもきしながら後を追うこと五〜六分。

気付いたら飛び込む人影はいなくなっていた。

——まぁ、いいか。奴さんとは明日も会う。

翌日、山下さんは仕事仲間に頼んでミキサー車の運転手を見つけてもらった。

お互いに初対面だったが、ミキサー車の運転手も、昨日二台で連なって県道を走ったこ

とは記憶していた。

昨日後ろから見たことを伝えた。なるべく大げさにならないように落ち着いた口調で伝えたが、ミキサー車の運転手は動揺した。

「そんなん嘘だろ！」

嘘だ嘘だと繰り返す。山下さんは心で舌打ちして伝えた。

「嘘ならもっとちゃんとした嘘吐くよ。あんたとは初対面で、何でこんな嘘言う必要あるかよ」

「お、おう」

虚を突かれたのか、腑に落ちない顔をしていた。二人はそれで別れた。

山下さんは一時雇いで参加しただけであり、それ以降その現場に行くことはなかった。

しかし仕事仲間から聞いたところ、その後数日と経たずにそこの現場での作業は打ち切りになり、運転手を始めとして作業員は全員解雇になったという。

「理由が分からないんだよ。そんな数日で終わるような現場じゃなかったからね」

それ以上関わり合いにならなくて良かったと山下さんは言った。

指差し

島田さんが信号待ちをしているとき、スーツの裾を引っ張られた。

そこに血色の悪い男の子が立っている。まだ就学前にも見える。

「君、どうしたの？　お母さんかお父さんいないの？」

訊ねると男の子は、一人の男性を指してぼそっと言った。

「あの人死ぬよ」

――え、何言っているのこの子。

「そんなこと冗談でも言っちゃダメだよ」

振り返ると、もうその子はいなかった。信号が青になると同時に人が動き出した。

「いてぇ！」

先ほどの男性が躓《つまづ》いたのか、横断歩道にしゃがみこんでいる。

――あ、危ない！

右折してきた大型ダンプが突っ込んで、タイヤの下敷きになった。即死だった。

あの子供は何だったのかと島田さんは今でも嫌な気持ちで思い返すという。

バナナ売り

電気工事関係の仕事で、都留さんはマレーシアに出張に行くことになった。

インフラの整備のための仕事である。社内では国際協力のような位置付けだった。

現地集落では宿泊施設がないこともある。その場合には無人となっている家屋や、公共機関の施設の一角に寝かせてもらうことになる。そのときも集会場の一角を利用させてもらうことになった。

都留さんは夜になっても寝られずにいた。表でランタン片手に煙草を吸っていると、森から出てきた一人の男性らしきシルエットがこちらに近付いてくる。

——現地の人だろうか。

ランタンで照らして確認すると、カゴにバナナを入れている。

都留さんを見つけると話しかけてきた。

現地の方言なのか、聞こうとしても聞き取れない。

恐らくバナナを買わないかと言っているのだろう。

都留さんは小腹が減っていたので、身振り手振りで一房くれと伝えようとした。

そのとき、都留さん達のグループの雇っているガイドが、「ダメ！」と叫んだ。

ガイドは大声を上げて、バナナ売りを追い返した。

バナナ売りはとぼとぼと森のほうに歩いて行った。

「どうしたんですか？」

「あなた、こんな夜中に森の中からバナナ売りが来ますか？　よく考えて下さい？」

詳しく話を訊くと、あのバナナ売りは生きている人ではなく、悪霊なのだという。

食べたら大変なことになる。あのバナナを食べた男は男性器が腫れて、痛みで用も足せなくなるらしい。

穴

ロシアがまだソビエト連邦だった時代の話である。

当時大原さんの会社でパイプラインの点検のために派遣された山内という社員がいた。パイプラインの検査のためにはセンサーの搭載されたピグという装置を流し、超音波などでパイプラインの継ぎ目などに異常が出ていないかなどをチェックするのである。

山内さんが派遣されたのはシベリアの小村であった。

その日は同僚が上流に移動し、ピグを流す役目であった。山内さんは下流で待機する役目である。ピグが流れてくるまで数時間は待機している必要がある。その間はとにかく暇である。

近くに林があるが、あとは荒野である。パイプラインの横に座って待機していると、六歳くらいの金髪の女の子がにっこり笑って話しかけてきた。

「穴掘って」

「おじさん今仕事中だよ」

「穴掘ってよ」

無理やりスコップを渡された。

——仕方ないな。暇だしいいか。

結局少女の言う通りに穴を掘り始めた。


「このくらい？」

腰ほどの深さまで掘ったが、少女は首を振る。

仕方なく、どんどん掘りすすめる。

「今度はどうだ？」

肩ほどまで掘って訊くと、また首を振った。


「お前何やってんの？」

上から声を掛けられた。同僚の声だった。

「いや、子供が穴掘ってくれって言うからさ——あれ、女の子は？」

「いないよ」

通訳や営業さんも寄ってきた。山内さんは穴から引き上げてもらった。

「馬鹿なんだよこいつ」

「ずっと穴掘ってたんだって」

「仕事ほったらかしでなぁ」

夜、村に帰り、食事のときに、この近くではこんな伝説があるんですよと村の人が話し始めた。

「女の子が来て、穴掘ってくれって言われるんです。どんどん掘ってくれって言われます。頭よりも深く掘ると、上から土を掛けてくるんです。これは妖怪みたいなものなんです」

そこまで聞いて、山内さんは青くなった。

「山内さ、お前ロシア語できるんだっけ？」

「俺、ロシア語できないよ」

「お前、女の子と話をしてたって言ってたよな」

山内さんには、女の子は日本語で話しているように聞こえていたという。

ロッカー

前川が以前、福岡の経理事務所に勤めていたときのことである。

応接室こそ幾らかの気遣いが感じられたものの、事務整理に充てられた部屋は、コンクリート打ちっぱなしの内壁に古い事務机が必要数ある程度の、味けない雰囲気の職場だった。

無味乾燥と言えば、その筆頭は古い台帳や法関連の書物、職員用ロッカーが置かれた資料室である。一日に何度も開けられないせいか、中はいつも埃っぽく、湿った年代ものの紙類の匂いが始終漂っていた。

嵌め殺しの窓には、厚いカーテンが下がっている。四つ並んだ大人の背丈ほどの縦長職員用ロッカーの一つ。右端のロッカーには常に鍵が掛けられていた。

そのロッカーには開閉用レバーが付いており、そこに自転車のチェーンキーがぐるぐると巻かれているのだ。

「出るんだよ。あはは」

何故、こうなってるんですか、と問うても社長は笑うだけだ。

前川は一度だけ力任せにレバーを引いて、できた隙間から中を覗いたことがあった。

すると、中に何か生き物がいることだけは分かった。

開いた隙間から、爛々とした二つの眼が見えたのだ。

まるで人の眼球であるかのような大きさであったが、実際、人である訳はない。

二つの眼が位置する幅は、人の顔にしては随分と広かった。

大きな犬か、或いは名も知らぬ獣。

で、あろう。

「中に何かいましたよ」

「いるよ。だから、出ないようにしてるんだよ。あはは」

獣をロッカーで飼っている、そういうことか。


その後、大きな地震があり、ロッカーは倒壊した。

ひしゃげたロッカーの中にあったのは、小さな仏壇だった。

バラバラになった仏壇を無言のまま片付けている社長には声を掛け難く、何が何だか分からないままに終わった。

にょきにょき

あるクリーニング店での話。
届いた商品の仕上がり具合をチェックしていたときのこと。
ワイシャツの背中に黒い糸屑が付いていた。
取り除こうと手を伸ばした瞬間、糸屑から手足がにょきにょき突き出す。
もぞもぞと動き出したそれを咄嗟に払い落とす。
落ちたはずの場所には糸屑どころか、埃さえ見当たらなかった。

蟹

「おい。またいたぞ」

「ええっ！　何なの、もう」


奥貫君の家はある時期、ざわめいていた。

最初に目撃したのは父だった。


父は一人、深夜までテレビを見ていた。

眠気も大概になってきた頃、居間の電気を消し、階段に至る廊下の電気を点けた。

そして、我が目を疑うこととなった。

廊下を一匹の立派な蟹が歩いているのである。

種類は分からないが、二本のハサミといい、甲羅の具合といい、つい今し方陸に上がりましたと言わんばかりの全体の濡れ具合から見て、どう考えても蟹だ。

買うと如何にも高そうな大きさ。

あっ、と思う間に、蟹の姿は〈スッ〉と消えた。

きっと何かの錯覚だろうと、蟹は翌日の団欒《だんらん》での笑い話になった。


次に見たのは奥貫君の一歳下の妹だった。

自室の明かりを点けると、勉強机の上に蟹がいたのだ。

きゃっ、と声を出す間に蟹は〈サッ〉と消えた。


妹が目撃して間もないある日、奥貫君の母は外出から戻り、玄関ドアを開けた瞬間に蟹を見た。

サンダルの上に蟹はいた。

これかっ、と凝視する暇もなく蟹は〈ツッ〉と消えた。


以降、奥貫君の家族は度々家の中で蟹を目撃した。

トイレで、テレビの上で、台所の調理台で、電話の横で。

しかし、奥貫君だけは蟹を目撃したことがなかった。


そんなある日の朝食時、奥貫君が冷蔵庫から牛乳を取り出そうと前屈みになった途端、

――バチンッ！

と音が鳴り、右足に激痛が走った。堪らず倒れこみ涙を流しながら、もがいた。

母が救急車を呼んだ。

診察により、右足首靭帯が切れていることが分かった。

以来、奥貫家から蟹の姿は消えた。

トーマス

小林さんはそう言うと、古いアルバムを引っ張り出した。アルバムには列車の写真が貼られている。写真はどれも蒸気機関車を写したものだった。

「転車台なんて若い子は知らないか。ほら、蒸気機関車は前と後ろが決まってるからさ、方向を変えるときとかには台に乗せてぐるっと回すんだよ。な。かっこいいだろ？」

転車台に乗った蒸気機関車の写真の横には「国府津《こうづ》」と書かれていた。往年の国府津機関区の写真であろう。

「こんなに立派じゃないけどね、高校生の頃に転車台がある駅を見物に行ったのさ」

「昔の話だよ」


小林さんが気付いたときには、もう日は暮れかけていた。親戚の家に行ったついでに、大好きな機関車を見にいこうと思い立ったのだ。

目的の駅は当時の重要拠点であり、扇形庫と転車台が据えられ、多くの機関車で賑わっているはずだった。小一時間ほど歩けば着く予定だったが、どこで道を間違えたのか、小林さんは山に迷い込んでしまった。

「しまったなぁ」

辺りは急激に暗くなっていく。街灯などない山の中である。道は敷かれているが、今来た道を戻るのが早いのか、それともこのまま進むのが早いのかも見当が付かない。

腹も減ってきた。途中で駅弁でも買えばいいやと思っていたのが裏目に出た。

戻るのも悔しかったので、まっすぐ道を進んでやった。

どれだけ歩いただろう。不意に線路とぶつかった。小林さんはほっとした。もし列車が来れば、行き先が読み取れるかもしれないと思ったからだ。しかし、ずっと待っていても列車は来ないかもしれない。とにかく線路に沿って行こう。線路を辿っていけば、最悪でも駅までは辿り着くだろう。

そのまま軌道に入り、線路に沿ってとぼとぼ歩き続けた。

進んでいくと、不意に足に振動が伝わってきた。間違いない。機関車が来る。

小林さんは線路から飛び降りて、急いで軌道脇の草むらに身を潜めた。

ごっごごっごごっという地響きと共に、巨大な機関車が近付いてくる。

機関車の前照灯が周囲を照らした。しかし、やけに速度が遅い。音はすれども、まるで近付いてこない。

焦れた小林さんは首を伸ばして機関車を確認した。真正面から照らされた前照灯の光が眩しい。いや、待て。何故前照灯が二つあるのだ。

目を細めて見ると、それは真正面に二つのぎらぎらと光る目を持った巨大な人の顔だった。口から煙を吐いている。人間の顔が線路の上をゆっくり近付いてくるのだ。

「とにかくそのときは仰天してさ、でも行き場もないからその顔が通り過ぎるのをじっと震えながら待ってたんだ。でも幾ら待っても通り過ぎゃしないのさ」

痺れを切らした小林さんは、足下の石を掴むと、その顔めがけて投げ付けたのだという。

「そうしたらぷつんと暗くなってさ、何かが逃げていくような、ガサガサって音がしたんだ」

小林さんがはっと気付いて周囲を見ると、目的の駅から伸びる駅前通りの端に立っていたのだという。

颪

帰宅途中の道ばたに、白いコンビニのレジ袋が転がっていた。大きく口が開いている。

風を受けて頼りなげにカサカサと音を立てていた。

通り過ぎようとしたところ、足下に猫がいた。尻を振って袋を狙っている。

立ち止まってその様を見ていると、猫は風に煽られた袋めがけて一目散に飛び掛かった。

猫は頭から袋に突っ込んだ。そのときひときわ強い風が吹いた。

レジ袋はそのまま風に煽られ、猫ごと空高く飛んでいった。

長い首

立川さんは女性用マンションに住んでいる。

彼女はガーデニングが趣味で、マンションのルーフガーデンで鉢植えを主体にしたガーデニングを楽しんでいた。

しかし、ある朝起きると、ルーフガーデンの植物が荒らされていた。

住んでいるのはマンションの三階である。鳥か何かが啄《ついば》んだのだろうか。

せっかく大事にしていたのに。このままでは全滅だわ。

しかし彼女はめげることなく、観葉植物を何鉢か買い直し、新たに育て始めた。

それから数日経った夜のことである。ルーフガーデンからガサガサ、バリバリという音が聞こえてきて、立川さんは目を覚ました。

きっと先日庭を荒らした犯人に違いない。そう思った立川さんは、えいやっと窓を開けて、ルーフガーデンの明かりを点けた。

そこには巨大で面長の、馬のようならくだのようなものの顔があった。

頭には二本の角が生えている。まつげが長い。目が黒く潤んでいる。もぐもぐと動く口から長く伸ばされた舌が、鉢植えの葉をむしっていく。

キリンだった。

マンションの裏手にある公園からキリンが首を伸ばし、ルーフガーデンの鉢植えを次々とむしって食べていた。

立川さんはあまりのことに声を上げられなかった。

その姿に気付いたのかキリンは首を引っ込めると、鳴き声も上げずに〈すう〉と消えた。

電柱

「こら、トメ。ダメ」

前田の飼い犬、トメが散歩の途中、急に電柱に向かって吠え出した。

吠えた電柱には、一つの花束が添えられてある。

この状況は具合が良くない。

良からぬことを想像したくない。

前田は手綱を強く引いてその場を離れようとした。

そのとき、電柱の陰、前田から死角になったところから、黒皮の手袋を履いた手がぬぅと伸び、トメの頭を撫でた。

トメはまるでそれを合図にしたかのように吠えるのを止め、歩みを進めた。

通り過ぎた電柱の陰には誰もいなかった。

辻切り

九州の戸次さんが帰宅途中でのことである。

丁度自分の目の前に女性が立っていた。レディススーツを着たOL風の女性だ。その横を通り過ぎようとしたときに、声を掛けられた。

「ねぇ、呪ってもいい？」

振り返ると、女性は眼をカッと見開いている。黒目がやけに小さい。

口角を上げ、笑顔を浮かべながら畳み掛けてきた。

「呪ってもいいよね！　呪ってもいいよね！　呪ってもいいよねぇ!!」

恐ろしくなってその場を逃げ出した。階段を上っている途中、意識が途切れた。


――ここ、どこだろう。

身体が痛い。病院のベッドだった。看護師さんが部屋に入ってきた。

「目を覚まされましたか」

丸一日意識が戻らなかったと伝えられた。

――会社に迷惑掛けちゃったなぁ。

ぼうっとそんなことを考えていると、看護師は退室するところだった。その後ろに人影が見えた。

戸次さんは息を呑んだ。

あの「呪ってもいいよね」と声を掛けてきた女性だった。

様子を窺っていると、女も看護師の後ろに付いて出ていった。誰もその女の存在に気が付いていない様子だった。

練習倉庫

和歌子さんは大学時代、軽音サークルに入っていた。

バンドの練習場所はとある倉庫だった。

皆で出し合ったサークル費で家賃を払っていたそうだ。

りんご畑の中にポツンとあるその倉庫は古い造りであったが、そこそこに広さもあり、自転車で乗り付けてサークル活動をわいわいやるには都合の良いものだった。

ある日、和歌子さんは一人、倉庫で歌の練習をしていた。

家で大声を出す訳にもいかず、何と言ってもマイクからスピーカーを通したほうが気分が乗る。

気持ちよく歌っていたところ、スピーカーから出る自分の声に違和感を感じた。

というのも、一人で歌っているはずなのに、それにハモる女性の声が混じってくる。はじめのうちはスピーカーからのノイズや場の反響で倍音が出ているのだろうかと思っていたが、あまりにもくっきりと他人の声が入ってくるので気味悪く思った。

ただ、この倉庫で何かそういうことが起こったという噂を一度も耳にしたことがなかったので、和歌子はサークルの仲間にはハモリ声があったことを話し出せずにいた。

それから暫くして、軽音サークルの月例ライブが行われた。

場所は小さなライブハウス。チケットが安価に設定してあるので友達も多く訪れ、そこそこに盛り上がること必至な企画だ。

ライブ開始前のリハが終わってからのことである。

ＰＡを担当するライブハウスの年配スタッフが和歌子にこう耳打ちした。

「和歌子ちゃん、倉庫から何か連れてきちゅうや」

「え？」

「ハモっちゃあね。おめんどのサークルのバンド、たまにあるんずやぁ」

スタッフが話すところによると、ミキサー卓でヘッドフォンをしているＰＡには、はっきりとハモりが聞こえてくるのだが、他の者が異変を感じることはないのだそうだ。

和歌子は倉庫でのことをスタッフに話した。

「だべ？　わぁ、この店で十年やっちゅうけど、おめで三人目。まったく同じ話」

企画はいつもながらにそこそこ盛り上がったが、和歌子の気持ちは終日盛り下がったままだった。

着物の女

都内で活動していた、あるヴィジュアル系インディーズバンドの話である。当時、彼らにはファンも多く付いていた。ライブを行うと、ライブハウスにはゴシックロリータファッションを身に纏った女性ファンが多く集まったという。

その夜のライブ会場はほぼ満員だった。決して広くはないが会場は大変な熱狂だった。フロアを占めている若い女性達のほとんどは黒い服を着込んでいた。

その中に違和感を覚えるお客さんがいた。彼女はピンク色の着物姿で立っていた。

ギターの小山田さんは、演奏中も彼女のことがずっと気になっていた。女性はずっと俯いており、曲と曲との間でも頭を激しく上下に振り続けていた。所謂ヘッドバンギングをし続けているのだ。しかも速度が尋常ではない。そしてその速度もさることながら、首から上だけが、激しく機械で動かされているかのように小刻みに動くのだ。

しかもその速度でも日本髪に結った髪の毛が乱れない。

――ヤバい。俺、これ見ちゃいけないものを見ちゃってるんじゃねぇか。

一度気になり始めるともうダメで、ライブに集中しなくてはと思ったところで、どうしても視線はその女性に注がれてしまう。演奏が遅れる。まずい。

案の定ライブが終わった後に、メンバーから文句が出た。

「いや、違うんだよ。お前ら気が付かなかったのか。変な客がいただろ！　ピンクの着物を着た凄い速さでヘドバンする奴がさぁ！」

しかし他のメンバーは誰も気が付いていなかった。


他のライブハウスでもその女は現れた。場違いなピンクの和装である。女性はライブの最初から、休むことなく頭部を激しく上下に動かし続けている。

ドラムスのメンバーに目配せをすると、どうやら気が付いたらしい。

暫くすると全員が気付いた。

「あの女、ヤバいよ。気持ち悪いよ。どうしたら良いんだよ」

ボーカルが泣き言を言ったが、どうしようもなかった。

女は都内のライブハウスだけではなく、関東圏の他の会場でも現れた。

ある夜のライブのこと、女性は頭を振っていなかった。俯いたまま立ち尽くしている。

メンバーもその様子には気付いていた。

ライブが佳境に差し掛かったときに、女はぐっと顔を上げた。女の髪の毛が左右に広がり、顔が明らかになった。

鼻は削げ、上唇が失われて。歯茎が剥き出しになっていた。眼窩《がんか》もぽっかりと黒く空いていた。

曲が終わり、ステージが暗転した。次の曲に移ったときには、もう女性は消えていた。


そのライブも終わった深夜、機材をワゴンに積み、メンバーの運転で高速道路を戻る最中のことである。自然とあの女の話になった。その話をし始めると、急に周囲の車の台数が減ったように思えた。対向車線にも車が走っていない。

「何か、車走ってないね」

その瞬間、運転手が叫び声を上げた。

小野寺さんは、中央分離帯から誰かが道路に飛び込むのを見た。ピンクの着物だった。

それを避けようとして車が横転し、ガードレールに突っ込んだ。

小野寺さんは衝撃で気を失った。

その事故の結果、メンバーが一人亡くなり、他のメンバーも腕や指、手首などに酷い怪我を負った。手の骨が解放骨折し、結局切断を余儀なくされた者もいた。

小野寺さんも楽器を握ることができなくなり、今は音楽活動から引退している。

仲良く二人で

町田さんがキャバクラのボーイとして働いているときに、常連客のとある組の親分さんから気に入られたという。

「兄ちゃん、若いのにこんな夜中までよく働いてるね。あんた金に困っているんだろ。困っているならいいバイトを紹介してやろうか」

話を聞くと、確かに美味しい仕事だった。

事務所に来て一日ずっと部屋にいてくれれば、一日で三万払う。

「まぁ、交代でうちの若い者も来るから、つなぎで兄ちゃんがいてくれるだけでいいんだ。なんならゲーム機とか持ち込んでくれても全然構わないよ」

翌日は仕事もなかったので、町田さんはそのアルバイトの話に乗ることにした。

指定された場所に行くと、再開発の途中なのか、人通りのない区画に、一棟のボロボロの古いビルが建っていた。一階に事務所があったが、他にテナントも入っていないようで、ガランとしている。

事務所のドアを開けると、年配の人が声を掛けてきた。

「お、町田さん？　よく来たね。親父から話は聞いてるよ」

彼は町田さんを部屋に招き入れ、二人の若いチンピラ風の男達に町田さんを紹介した。

そして「俺はちょっと出てくるから」と言って出かけてしまった。

残された若い二人は、町田さんを新しい舎弟と勘違いしたのか、様々な雑用を言いつけてきた。

「カップ麺の湯入れといてくれよ」

「ラーメンできる間にジュース買ってこいよ」

どれも些細なことだが居心地は悪い。日給三万と思えば悪くはないのだろうが、一人で気ままにゲームでもやっていればいいやと思っていた身には不満だった。

やることもないので事務所で雑誌を読んでいると、外で米袋か何か重いものが落ちたようなドスンという音がした。

町田さんが外に飛び出すと、スーツ姿の男性が倒れていた。手足が不自然な方向を向いている。大きな声を上げると、遅れて二人のチンピラ達も出てきた。

「何だよ飛び降りかよ」

「面倒なことしてくれるぜ」

警察を呼ぼうと町田さんが事務所に戻りかけたときに、チンピラの一人が呼び止めた。

「ちょっと待てよ」

そう言って、倒れているスーツ姿のポケットをごそごそと漁った。

「結構入ってるぜ」

財布には五万円入っていた。チンピラは町田さんに一万円札を差し出した。

「抜いたことは黙っとけな。あと俺達出かけるから。もう警察呼んでもいいよ」

二人はそのまま遊びに出かけた。残された町田さんは飛び降り自殺があったと警察に通報した。すぐに警察が来て取り調べを受けた。


その夜、戻ってきた年配の男性から三万円を受け取って仕事から帰った。

横になって寝ていると、急に金縛りに遭った。スーツ姿の男が自分の横に立っている。

――あ、この男はさっきの。

気付いたときには、男は町田さんに覆いかぶさり、両手を首に回した。

身体が動かない。反撃もできない。男はそのまま首を締めながら、町田さんをベランダに向かって引き摺っていく。

このままでは殺される。町田さんは直感した。

口を開けることもできなかったので、心の中で謝った。

(お金はお返ししますから。ごめんなさい!　すいません!)

何度もそう繰り返した。

意識を失っていたのだろう。気が付いたときにはベランダの窓ガラスに頭を押し付けて寝ていた。顔を上げると、もう男は消えていた。

その足で近所の神社に行き、昨日チンピラから受け取った一万円札を賽銭箱に入れた。

その夜、キャバクラの仕事をしていると、親分さんが顔を出した。アルバイトを紹介してくれた礼を言い、残念ながらアルバイトは続けられそうにないと話をした。

親分さんは残念がったが、合わないなら仕方ないなと言ってくれた。

翌日、再開発の進む地区のある雑居ビルで二人の男性が飛び降り自殺をしたという記事が新聞に載った。

後日聞いた話では、自殺したのは飛び降りた男の財布から金を抜き取ったチンピラ二人だった。

二人は仲良く一緒に飛び降りたのだという。

刃研ぎ

小柳さんは刀剣専門の研ぎ師である。

ある日、お得意さんが店にやってきて、錆びてボロボロになった刀を取り出した。

「前田さん、今日はどうされました？」

前田さんは地元の資産家であり、刀剣を収集している。

「いやぁ、ボロッボロの刀なんだけどな、これって研げるかい？」

「ものを見せてもらっていいですか？」

受け取った刀は、確かに古く、管理もいい加減だったのだろう。

しかし引っ掛かりながらも辛うじて鞘からは抜けた。刀身全体に錆が回っている。これは時間の掛かる仕事になりそうだ。

そう告げると、時間も金も気にしなくていいと言われた。納得いくまでやってくれとの依頼に、小柳さんはその仕事を受けることにした。

その刀は不思議だった。普段のように錆を落としながら研いでいくと、三十分と掛からずに首に疼《うず》くような痛みが走る。我慢して無理に研ぎ進めようとすると、痛みはますます酷くなり、首に赤くミミズ腫れが浮き出る。

研ぐのをやめると腫れが引く。だから一日に決まった時間しか、その刀に向かい合うことができない。

しかも夜も心休まることはない。その刀を研いだ晩は、必ず金縛りに掛かるのだ。身体が動かないと気が付くと、枕元には侍の格好をしている者が控えており、小柳さんのことを恨めしそうな眼差しで見てくる。

それが毎晩のように繰り返される。

――あの刀の素性は何だと言うのだろう。

銘が入っているような刀ではない。しかし、引き受けた以上は誠心誠意仕事に向き合うのが小柳さんの信条である。

ちょっと研いでは休んでを繰り返し、あと一息で研ぎ終わるという段になった。

――もう明日には仕上げられる。

その晩も金縛りに遭った。枕元にはいつものように侍が控えている。だが、今まで黙って睨んでいた侍がぼそぼそと何かを呟いている。

耳を澄ますと、侍は繰り返し同じ言葉を呟いていた。

「研いではならん」

「研いではならん」

「研いではならん！」

「研いではならん!!」

意識が遠のいた。次に目が覚めたときには朝を迎えていた。

侍の言葉が気になった。前田さんに連絡を取り、昨晩のことを伝えた。

「あたしは、この刀は最後まで研がないほうがいいと思いますよ」

「いや、構わないから研いでくれ。これは本物だ！　侍とやらのお墨付きだからな！」

「この刀は、一体何の刀なんですか？」

「いや、それよりも今日仕上がるんだろ。是非仕上げてくれ。金なら出す。きちんと仕上がった日には、その刀の謂われも話すから」


小柳さんは気が重かったが、お得意さんからの依頼である。最後まで研ぎ切った。酷い頭痛と首の痛みに耐えた末の完成だった。首にはミミズ腫れがくっきり浮き出ていた。

翌日前田さんに完成したと伝えると、すぐに店にやってきた。

「これはな、小柳さん。首斬り刀なんだよ。まさかね、本物が手に入ると思わなかった。

あんたの見た夢が本物という証拠ですわ！」
そう言って笑った。
昨晩浮き出たミミズ腫れはまだ引いていない。
小柳さんは手を首に回してその腫れを撫でた。

前田さんは、小柳さんがその刀を渡してひと月と経たずに亡くなった。
自宅に強盗が入り、前田さんは奥さんと共に惨殺されたのだ。
犯行に使われたのは小柳さんの研いだ首斬り刀だった。
前田さんの首は傷が深く、あと少しで胴体から離れ落ちる寸前だった。
小柳さんは、事情聴取に訪れた警察官からそう聞かされた。

その後、この事件の犯人は逮捕されたが、調べによると、犯人は〈刀を抜いた途端に前田さんの首を切りたくなった。理由は分からない〉と告白したという。

あとがき――寒い夏

現在、深夜三時ちょうどである。

開けた窓から入り込む外気は、季節の割に冷たい。

今まさにブリーフとTシャツのみでこのあとがきを書いているのだが、夏だということを忘れるほどに寒い。

こう寒いとひょっとして、知らぬ間にアッチの世界に入り込んでしまったのだろうか、などと邪推してしまう。


今年も無事に実話怪談百物語のこいつが出ました。

個人的にはネタ集め、執筆ともに順調。

不調だったのは、執筆期間中のほとんどが、無職で無収入だったことくらいです。

ハローワークに通い、大量の実話怪談を書く毎日は何とも形容し難い辛さがありました。

おやおや、ぼくはダイジョウブなのかな？　先行きとか頭とか……と、じっと手を見たことも何度かあったものです。

結果、神沼さん、ねこやさんと良い本ができた、と結べるのでもういいのですが……。

ああ、また寒くなってきました。

思えば、寒い寒いと、先ほど窓を閉めたはずなのですが、どこからか冷たい隙間風が入ってきています。夏だというのに、どうしてこんなに寒いのでしょう。

ほんと、どうしてこんなに寒いのですか、皆さん。

どうしてですか？

どうしてですか？？

高田公太

あとがき、という名の災難報告

前回、百眼にて後書きまで納品した直後のこと。どうにもある話が障っていたらしく、八重歯がポロリと取れた。

まあ、それぐらいならどうということもなかったのだけど、仕事から帰ってきたら飼い猫の犬歯が折れていた。

そんなところまで飼い主に似なくていいのに、とか笑っていたら、今度は別の猫が後ろ脚を骨折した。このとき私は足を痛めていた。

私の歯が取れれば猫の歯が折れ、足を痛めれば猫の脚が折れる。

全部右側だ。

該当する話はあれど、障るようなものには思えなかったのだが、後日少しばかり大きな話に繋がっているらしいことが判明した。つまりはまだ終わってなかった訳だ。

まあそれは置いておくとして。

今年はといえば、去年とは別の猫が尿毒症から腎不全を起こし入院する羽目になった。

その子が復調してホッとしたのも束の間、別の子が原因不明の高熱に見舞われた。

私が膀胱炎気味になったら猫が腎不全、風邪を引けば猫が高熱を出す。

今回はどの話が障ったのか。いや、心当たりは一つしかない訳だけども。

六匹の飼い猫どもに言いたい。

当番制でもあるのかお前達。

治療費馬鹿高いし、代わりに厄を被んなくていいから。

人間が怪我するよりこちらの懐を直撃するので、ある意味重傷を負う訳でな。

ホント、目ん玉飛び出たよ。給料日まで二週間もあるのになっ。

で、何が言いたいのかというと、二年連続でそういうことでスッカラカンになって、今年も新しいＰＣが買えませんよーという自棄《やけ》っぱちな愚痴ですよハイ。

そんな訳で、例年以上に良い本になったと思います。

繰り返し楽しんで戴ければ幸いです。

ねこや堂

改めて百物語にようこそ

今回で四年目の恐怖箱〈百物語シリーズ〉通称「百式」となります。神沼三平太です。初めまして。またはお久しぶりです。

例年通り紆余曲折はありましたが、やっと一冊にまとまりました。今回は不思議な話と怖い話がバランスよく詰まった良い本になったのではないかと感慨もひとしおです。

タイトルからもおわかりになりますように、今回の本は例年のものよりも少しばかり不幸を多めに詰めてあります。限られた紙面で多様な怪異を紹介しておりますが、不思議な話においてはその面白さのようなものを、不幸な話においてはその禍々しさのようなものを、きちんと伝えられているかどうかが気懸かりです。

そしてまた、収録されている怪談達が、読者の方々の口の端より語って戴けるかどうか。これも毎年のことではありますが、不安とともに楽しみにしております。

ぜひ皆様には、「実はさ、こんな話があるんだよ。実際にあった話なんだけどさ……」そう語って戴けましたら幸いです。

さて、百物語といえば、僕は年に四回、中野の『フローチャート』というバーで開催されている怪談会に参加しています。この怪談会では、一晩に毎回百話を越える話数を語り合うようになっています。そして怪談をきっちり百話語るためには、休み時間を入れて十一時間から十一時間半を必要とします。長い話を幾つも含めるとなると、さらに時間は延びるでしょう。

この本も長い短いはあれど、その程度の時間を掛けて読まれることになるのでしょう。これが異界への旅立ちの一助になれば幸いです。ただ、本書は全て実際に体験者のいる怪談本です。地続きの恐怖であることをゆめゆめお忘れになられませんように。

最後に感謝の言葉を。まずは体験談を預けて下さった体験者の皆様。取材に協力して下さった皆様。編著監修の加藤さん。共著者の高田さんとねこや堂さん。すばらしい表紙を提供して下さったエザキリカさん。生暖かく見守ってくれる家族。そしてお手に取っていただいた読者の皆様に最大級の感謝を。

盛夏。怪談の季節の本番到来です。それではお互い無事でしたら、またどこかで。

二〇一五年　七夕　　神沼三平太

本書の実話怪談記事は、恐怖箱 切裂百物語のために新たに取材されたものなどを中心に構成されています。快く取材に応じていただいた方々、体験談を提供していただいた方々に感謝の意を述べるとともに、本書の作成に関わられた関係者各位の無事をお祈り申し上げます。

恐怖箱 切裂百物語

2015年8月5日　初版第1刷発行

編著監修　加藤 一
共著　高田公太 / ねこや堂 / 神沼三平太
カバー　橋元浩明（sowhat.Inc）
発行人　後藤明信
発行所　株式会社　竹書房
〒102-0072　東京都千代田区飯田橋2-7-3
電話 03-3264-1576（代表）
電話 03-3234-6208（編集）
http://www.takeshobo.co.jp
振替 00170-2-179210
印刷所　図書印刷株式会社

定価はカバーに表示しています。
落丁・乱丁本は当社にてお取り替えいたします。

ISBN978-4-8019-0387-6 C0176